솔나무 향
피는 날

솔나무 향 피는 날

펴 낸 날 2020년 1월 8일

지 은 이 변홍수
펴 낸 이 이기성
편집팀장 이윤숙
기획편집 정은지, 한솔, 윤가영
표지디자인 이윤숙
책임마케팅 강보현, 류상만
펴 낸 곳 도서출판 생각나눔
출판등록 제 2018-000288호
주   소 서울 잔다리로7안길 22, 태성빌딩 3층
전   화 02-325-5100
팩   스 02-325-5101
홈페이지 www.생각나눔.kr
이 메 일 bookmain@think-book.com

- 책값은 표지 뒷면에 표기되어 있습니다.
  ISBN 979-11-7048-022-8(03810)

- 이 도서의 국립중앙도서관 출판 시 도서목록(CIP)은 서지정보유통지원시스템 홈페이지
  (http://seoji.nl.go.kr)와 국가자료공동목록시스템(http://www.nl.go.kr/kolisnet)에서
  이용하실 수 있습니다(CIP제어번호: CIP2019052856).

솔나무 향
피는 날

변홍수 산문집

미풍에 산들거리는 코스모스를 보듯이 읽다 보면
웃음과 감동이 가슴속에 와 닿을 것이다.

머리말

인천 중앙 도서관 평생 학습 프로그램의 성인 독서 동아리에 참가했다. 독서 지도사가 추천한 책을 읽은 후 품평회를 하며 다양한 시각으로 토론하는 방식이다. 독서회에서 고전과 국내·외 유명 작가의 책들을 읽으면서 좋은 글을 접할 수 있었다. 좋은 글을 보니 고상한 철학자는 고상한 글을 쓰면 되고, 유명한 작가는 유명한 글을 쓰면 되고, 나는 나다운 글을 쓰면 된다.

본 글은 총 11장으로 1장은 새의 죽음을, 2장은 초등학교 시절 동점리(洞店里)의 회상을, 3장은 나 자신에 대한 독백을, 4장은 죽음을 초월한 인간과 개와의 사랑을, 5장은 군대 시절의 고문관 경험과 6·25전쟁 시 고문관 실화를, 6장은 잃어버린 언니의 찾는 과정을, 7장은 가슴 아리는 사춘기 연정을, 8장은 친구의 죽음을, 9장은 이웃 사람들이 걸어간 결혼 여정을, 10

장은 2차 대전 당시 독일군의 강군 이유를, 11장은 해병대 졸병 시절의 경험을 쓴 글이다. 본 글에서 인용한 사진 및 글에 대한 저작권 책임은 오로지 저자에게 있음을 알려드린다.

철학적 깊이가 있는 글은 아니지만, 미풍에 산들거리는 코스모스를 보듯이 읽다 보면 웃음과 감동이 가슴속에 와 닿을 것이다. 끝으로, 요즘처럼 TV든 라디오 방송이든 청소년 중심의 말초적 오락 문화와 웹툰 및 웹소설의 폭주 속에 가벼이 읽을거리 하나 없는 보통 사람들과 공감을 함께 나누고자 이 글을 바친다.

변홍수 드림

차 례

고상한 철학자는
고상한 글을 쓰면 되고,
유명한 작가는
유명한 글을 쓰면 되고,
나는
나다운 글을 쓰면 된다.

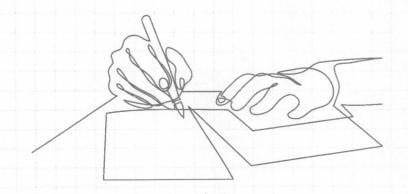

새

요새 TV의 『나는 자연인이다』 프로그램이 인기다. 쳇바퀴처럼 돌아가는 일상의 연속에서 벗어나 자연 속의 삶을 꿈꾸는 모든 샐러리맨의 소망인 양 동시다발 채널로 방영되고 있다. 자연인의 집은 별장처럼 잘 지은 집도 있고 움막처럼 허술하게 지은 집도 있지만, 위치만큼은 하나같이 녹색의 산과 푸르른 하늘을 배경으로 하고 있다. 정말이지 파노라마처럼 펼쳐진 아름다운 전경을 보면 밥을 안 먹어도 배가 절로 부를 것 같다.

얼마 전 여동생이 용인시 수지에 자연 속의 그림 같은 이층 집을 지었다고 오란다. 여동생 집은 『나는 자연인이다』 정도의 산속은 아니지만, 산자락 밑의 아담한 이 층 양옥집이다. 거실에 들어서니 앞면 전체를 대형 통유리로 해서 앞동산이 그대로 보인다. 여동생과 점심을 맛있게 먹고 나서 커피를 음미하며 푸르른 앞산을 감상하고 있을 때다. 앞산에서 날아온 새 한 마리가 까만 점으로 보이는가 싶더니 쏜살같이 통유리로 돌진한다. 새는 "텅!" 소리와 동시에 2m나 튕겨 나가고 통유리엔 새가 토한 듯 불그스름한 점액이 붙어 있다. 내가 놀라서 베란다로 가보니 바닥에 참새 정도의 작은 새가 다리를 부르르 떠는가 싶더니 이내 눈을 감는다.

"아니 왜 새가 유리로 돌진하냐?" "통유리에 앞산이 반사돼서 새들이 산인 줄 알고 날아와서 부딪혀…. 오빠, 벌써 5마리째야." 내가 통유리를 보니 앞산과 하늘이 그대로 반사된다. 집에 와서도 죽은 새가 생각나서 한동안 우울했다. 앞으로도 몇 마리나 더 죽어야 하나? 우리나라에서만 길가의 투명 방음벽이나 고층 건물 유리창에 부딪혀 죽는 새가 하루에 2만 마리나 된다고 한다.

"띠르릭…." 여동생이 보낸 문자를 보니 "오빠! 해결책을 찾았어." 해결책을 찾았다는 말에 부리나케 여동생 집에 갔다. 와우! 통유리를 보니 상단에 무시무시한 총천연색 종이 독수리 두 마리가 붙어 있다. 비록 종이 독수리지만 부리부리한 눈매에 날카로운 발톱을 가진 두 마리의 큰 독수리가 양 날개를 쭉 펴고 앞산을 노려보고 있다. "새들아! 이쪽으로 오기만 해 봐라. 내가 잡아먹을 거야." 그러나 김영준 국립 생태원 동물복지부 부장은 "맹금류 스티커가 있는 방음벽에 이미 수 천 마리의 새가 충돌해 죽은 데이터가 있다. 새들이 맹금류를 무서워할 것이라는 건 사람들의 착각이며 점이나 세로 5cm, 가로 10cm 간격 이하의 무늬 배열이 새의 접근을 막는 데 효과가 있다."고 말했다. 실례로 모 지역의 아파트와 도로 사이에 설치된 약 10m 높이의 방음벽에 맹금류 스티커가 붙어 있었지만, 주변은 멧비둘기, 박색, 직박구리, 솔새 등 죽은 새의 무덤 장이 되었다. 이를 보면 여동생의 통유리에 붙어 있는 종이 독수리도 효과를 못 볼 수 있다.

오래전에 어머니가 밖에 나갔다 오시다 사람을 보고도 도망안 가는 작은 새 한 마리를 가져왔다. 누군가 기르다 버린 새 같은데 눈을 깜빡깜빡하고 조는 등 정상은 아니다. 그래도 제일 좋아한 것은 6살인 작은 아들이다. 아들은 매일 아침 일어나면 우선으로 새에게 인사를 한다. 그리곤 머리를 끄덕이며 졸고 있는 새에게 물과 좁쌀을 주지만 물만 먹는 시늉만 하다 또 존다. 어머니와 작은아들의 지극 정성에도 불구하고 새는 7일 만에 쓰러지고 말았다. 두 다리를 뻗고 죽어가는 새를 보는 아들의 눈에서 눈물이 방울방울 떨어진다. 죽은 새를 아파트 화단에 묻으려고 호미를 들고 나가자 아들은 두 손에 새를 담고 따라온다. 새를 흙구덩이에 묻고 작은 봉우리를 만들자 아들은 봉우리를 쓰다듬으며 엉엉 운다. 어깨를 들썩이며 서럽게 울고 있는 아들을 보니 눈물이 핑 돈다. 한갓 미물인 새의 죽음에도 이렇게 맘이 아픈데 자식의 죽음으로 인한 아픔은 하늘 끝까지 닿는 거겠지.

해병대 복무 시절 그날은 M16 소총만 든 단독 군장으로 산 정상을 공격하는 중대 공격 훈련이다. 한여름의 뜨거운 열기를 느끼며 우리 중대원은 횡렬종대로 산 정상을 공격하곤 하산하니 어스름한 저녁이다. 한 졸병이 "변수병 님, 이거 좀 보세요." "뭔데?" 졸병이 보여준 건 산에서 내려오다 발견한 새 새끼들이었다. 가느다란 마른 풀잎을 둥그렇게 모은 둥우리 안에 새끼 다섯 마리가 옹기종기 붙어있다. 눈도 못 뜬 갓 부화한 새끼는 어미 새를 떠나 멀리 온 새로운 환경을 본능적으로 아는지 미동도 안 한다. 새끼를 자세히 보니 불그스름한 피부에 엷은 솜털이 머리와 날개에 가지런히 붙어 있다. 졸병을 발로 차면서 "임마! 이 새 네가 기를 거야? 빨리 가져온 자리에 갖다 놔." 내가 노발대발하며 주먹을 올리자 졸병은 쏜살같이 방금 내려온 산으로 뛰어간다. 졸병이 새끼 새를 들고 산으로 올라갔지만, 산 정상 어딘가에 있을 원 자리에는 안

갔을 것이다. 틀림없이 가다 말고 아무 장소에 놓고 올 것이고, 새끼 새들은 어미 새를 애타게 찾으면서 죽을 거로 생각하니 마음이 무거웠다.

할머니가 사는 곳은 도시에서 드물게 산을 배경으로 한 아파트다. 여름이면 산에서 내려오는 신선한 공기와 나무 냄새가 너무 좋단다. 창가에 거미줄은 기본이고 어떤 날은 열어놓은 창문에 새가 날아온 적도 있다. 아침이면 각종 새가 지

저귀는 맛에 마치 천국에서 사는 것 같다. 휴일에 초등학생 손주가 놀러 왔는데 컴퓨터 게임에 빠져 할머니랑 얘기할 시간도 없다. 컴퓨터 게임이 끝나자 졸린다며 낮잠을 자다 "할머니, 새소리 때문에 잠잘 수가 없어요. 할머니가 저 새들 좀 다 죽여주세요." 내일의 주역인 우리의 어린이들 감정이 삭막하다 못해 무섭기까지 하다. 생명의 소중함을 모르고 자연의 귀중함을 모르고 사는 우리 어린이들을 이대로 두어서는 안 된다. 우리 사회가 보다 더 따뜻한 사회가 되기 위해선 어린 시절부터 생명의 소중함과 자연의 귀중함을 가르쳐야 한다.

모든 생명이 같이 공존하는 세상이 될 수 있도록
우리가 지금 자연을 지켜나가지 않으면
우리 아이들의 미래도 어둡습니다.

- 공익광고 green campaign -

동점리(洞店里) 회상

✎ 차이나타운의 중국집에 들어서니 동화 나라의 요술 공주 집처럼 간판도 옷도 벽도 사람까지 빨갛다. 중국식 옷을 이쁘게 입은 할머니가 잔잔한 미소를 지으며 반긴다. 내가 중국인을 처음 본건 강원도 삼척군 장성읍 동점리(洞店里)로 현재는 태백시 동점동이다. 당시의 동점리는 강원도에서도 산골 중의 산골인 깡촌이었으며, 당시 나는 동점 초등학교 2학년이었다. 동점 초등학교는 여름에 비가 오면 지붕에 구멍이라도 뚫린 양 줄줄 새서 바닥이 홍수가 되고 겨울의 너무 추운 날이면 덜덜 떨며 오전 수업만 받았다. 우리 반

애들 대부분이 손에 동상 안 걸린 애가 없다. 나도 양쪽 새끼 손가락이 동상이 걸려 벌겋게 벌어진 피부 사이로 피와 고름이 흘러서 고생을 많이 했다. 영하의 추운 겨울에 검정 고무신에 양말도 안 신은 친구도 있다. 나야 아버지가 목재 감독관이라서 점심을 싸고 책가방이라도 있다. 여느 친구들은 점심을 굶는 애들도 있고 점심이라야 강냉이를 섞은 누런 좁쌀밥에 도토리만 한 고추장이 귀퉁이에 있다. 책도 보자기에 말아서 어깨에 메거나 배에 들러서 다녔다. 가끔이지만 선생님이 누런 포대 자루에서 우유 가루를 바가지로 보자기에 담아주는 날이면 행복에 겨운 날이다. 정말이지 선생님이 노르스름한 우유 가루를 바가지로 풀 때의 단

내음은 우리 같은 산골 애들에겐 심장이 울렁거릴 정도로 신이 나는 날이다. 어쨌든 산골에 사는 촌놈이 처음으로 미제를 먹어본 거다.

어스름한 저녁이면 어머니는 석유 남포를 꺼내 표주박 모양의 유리를 올리고 성냥으로 심지에 불을 붙였다. 역한 석유 내를 풍기는 심지가 그을음을 뿜으며 타오르면, 동생과 나는 신기한 보물이라도 보듯이 너울거리는 빨간 불꽃을 봤다. 우

리 집에서 멀지 않은 비포장길의 신작로에 자그마한 빨간 간판이 걸린 중국집이 있다. 보통의 중국인처럼 도회지에 열지 않고 왜 전기조차 안 들어오는 이 깡촌에다 차렸는지 모르겠다. 지금이야 중국집이 한집 건너일 정도로 흔하지만 당시의 중국집은 중국 사람만이 운영했으며 그만큼 귀한 음식점이다. 우리 또래들은 중국요리를 청요리라 하여 어른들만 먹는 음식인 줄 알았고 어느 친구도 중국집에 갔었다고 자랑한 걸 못 들어 봤다. 내가 한 번도 먹어 본 적이 없지만, 무지하게 맛이 있을 거라는 중국요리보다 중국 할머니에게 관심을 가지게 된 건 할머니의 작디작은 발 때문이다. 항상 바람에 달랑거리는 빨간 간판 밑의 의자에 앉아서 지나가는 사람을 무표정하게 쳐다보는 호호백발의 중국 할머니 발은 내 발보다도 작았다. 난 할머니의 작은 발을 보면서 '왜 발이 작지?' 또 할머니가 걷는 모습을 한 번도 본 적이 없어서 할머니는 절대로 걷지 못할 것이라고 생각했다. 발을 작게 만드는 전족(纏足)은 중국 송나라 때 시작되어 명·청 시대에 유행하였던 것으로 여성 발이 작을수록 미인이었다고 한다. 여성 발을 어릴 때부터 천으로 꽁꽁 동여매어 성장을 멈추게 하는 풍습으로 약 10cm의 발이 가장 이상적이었다고 한다.

동생은 틈만 나면 밖에서 놀다 보니 얼굴이 까맣게 타서 집에서는 이름보다 깜상이라고 부른다. 동생 깜상은 언제나 든든한 나의 후원자다. 딱지치기할 때면 "형아! 이겨라. 형아! 이겨라."하며 목이 터지라 응원한다. 당시만 해도 딱지란 게 지금처럼 문방구에서 파는 형형 색깔의 고급화된 딱지가 아니라 다 쓴 누런 공책을 반 접어서 만든 딱지다. 그래서 너덜너덜한 공책으로 만든 딱지보다 딱딱한 곽종이로 만든 딱지가 항상 유리하다. 동생은 내가 빨강과 파란색이 섞여 있는 총천연색 곽딱지를 땄을 땐 너무 좋아서 깡충깡충 뛰었다. 총천연색 곽딱지를 들고 집으로 가는 동생의 얼굴은 마치 개선장군인 양 웃음이 가득하다.

중국집 앞을 지나가는데 동생이 느닷없이 반바지를 홀렁 벗더니만 오줌을 갈긴다. 동생이 오줌발로 그림을 그린다고 작은 고추를 마구 흔드니 오줌 방울이 춤을 추며 사방으로 날아간다. 동생의 오줌발이 할머니의 검정 고무신에 튀었음에도 할머니는 화를 내기는커녕 만면에 미소를 띄우며 동생 바지를 올려준다. 어느 날인가 동생이 오물거리며 먹다가 하마처럼 입을 쩍 벌리는데 입안엔 노르스름한 사탕이 있다. 내가 입맛을 다시자 동생이 사탕을 손바닥에 뱉더니 "형아! 먹어."

코찌질이 동생은 종종 콧물을 질질 흘리다 "쿵!" 하고는 입술까지 내려온 허연 콧물을 단물 빨듯이 쭉 빨아 먹는다. 틀림없이 동생 콧물이 촉촉이 묻어 있을 사탕을 보니 "에이, 더러워." 하지만 학교 소풍 때나 겨우 맛보는 사탕 유혹에 반쪽짜리 사탕을 먹으니 살살 녹는 달콤함이 입안을 감돈다. 동생이 코를 훌쩍이며 연신 "형아! 맛있지." 그 후로도 중국 할머니가 준 사탕으로 동생 입에서 단내가 가끔 났으며 그럴 경우 어김없이 동생은 반짝 종이로 싼 사탕을 자랑스럽게 내민다.

늦은 겨울인 2월에 타는 썰매는 스릴이 있다. 봄이 눈앞이라 얇아진 얼음이 썰매가 지나갈 땐 '부지직' 소리를 내며 갈라지고 강 가운데는 얼음이 녹아서 출렁다리가 된다. 출렁다리는 썰매를 타고 전속력으로 달려야 얼음이 꺼지기 전에 건너편으로 갈 수가 있다. 조금이라도 속력을 늦추면 얼음이 꺼지면서 썰매와 함께 물속으로 빠져 죽을 수 있기 때문에 여간한 담력이 있지 않고는 할 수가 없다. 그 위험한 출렁다리를 목숨 걸고 건널 수 있는 아이들은 우리 동네에서 몇 명이 안되지만, 그 몇 명 중에 동생이 포함될 정도로 담력이 세다. 내가 아무리 못 가게 말려도 동생은 출렁다리로 돌진해 강 건너로 가서는 함박웃음을 짓는다. 우리들의 위험한 출렁다리 놀이는 누군가 기어이 물속에 빠져야 끝이 난다. 얼음물 속에 빠져서 허우적거리는 애를 우리 힘으로 못 건질 경우는 동네 어른을 불러서 간신히 건져냈다. 그리곤 얼음물에 젖어 떨고 있는 애를 위해서 강가에 흩어진 나뭇가지로 불을 피워 옷을 말려 주었다.

누더기 군복을 입은 한 무리의 사람들이 집 대문을 흔들어 댄다. 대문이라고 해야 판자로 얼기설기 만들었는데 마구 흔드니 "삐꺽" "삐꺽" 소리가 요란하다. 윗옷은 군복에 민간바지를 입은 한 사내가 대문을 마구 흔들면서 "밥 한술 주쇼." 그 뒤로 깡통을 든 서너 명의 험상궂은 남자가 서 있고 두 사람은 목발을 하고 있다. 맨 앞의 남자는 녹색의 헤어진 군복에 계급 장도 없는 군인 모자를 쓰고 한 손은 날이 시퍼렇게 선 쇠갈 고리를 달았다. 어머니가 벌벌 떨면서 부엌으로 달려가 좁쌀과 쌀이 섞인 밥 한 사발을 퍼오면 동생이 받아서 상이군인에게 갖다 준다. 쇠갈고리 팔을 한 상이군인이 동생 머리를 톡톡 치며 "자식이 당차네."

철길 위에서 친구들과 나무칼을 들고 칼싸움에 열중인데 신 작로에 철모를 쓰고 배낭과 총을 멘 100여 명의 완전무장한

군인들이 일 열 종대로 행군하고 있다. 전기도 안 들어오는 깡촌에서 국군을 처음 본 우리들은 가슴 속 깊이 뜨거운 감정이 용솟음쳐서 "대한민국 만세" "대한민국 만세" 목청껏 소리쳤다. 군인들이 대한민국 만세를 뜨겁게 외치는 우릴 보고 손을 흔들어 준다. 만세를 부르던 깜상이 쏜살같이 뛰어 내려 가더니 국군 아저씨랑 같이 걷는다. 그것도 나무칼을 총인 양 어깨에 대고 씩씩하게 걸으니 국군 아저씨가 "이놈 크면 장군 감이야."

어스름한 저녁 동생이 똥이 마렵다며 마당 귀퉁이에 있는 변소로 뛰어가고 난 후였다. "우드득!" "쾅!" 천둥소리가 나는 데 집이 다 흔들거린다. 아버지와 내가 놀라서 밖으로 나가보니 초록색 화물차가 재래식 똥퍼변소를 덮쳐서 반파되었다. 언덕 위 도로를 달리던 화물차가 도로 아래에 있는 우리 집으로 돌진한 것이다. 1960년대 초의 화물차는 시동을 걸 때 조수가 'ㄴ'자 형의 쇠막대기를 엔진 구멍에 집어넣고는 여러 번 돌려서 겨우 시동을 걸었다. 엔진이 꺼진 건지 아니면 음주운전으로 인한 교통사고인지야 알 수 없지만, 운전사의 찢어진 이마에서 시뻘건 피가 줄줄 흐르고 조수는 허리를 심하게 다쳤는지 누워서 신음 소리를 지른다. 반파된 변소를 보자 동생이 변소에 있다면? 동생의 죽음이 생각나자 "깜상아!" 소리 지르자 동생이 달려온다. 다행히 동생이 일을 보고 나오자마자 트럭이 덮쳤으니 그야말로 구사일생이다. 동생은 얼마나 놀랐는지 혼이 빠진 양 나를 안고는 온몸을 떤다. 동네 아저씨와 아줌마들이 천운으로 살아난 동생의 까까머리를 쓰다듬으며 한마디씩 한다. "이놈아! 넌 아주 오래 살겨."

그날도 여느 때처럼 학교에서 오자마자 책가방을 집어 던지고는 친구들에게 달려가려고 하는데 알 수 없는 적막감이 맴돈다. 어두침침한 방안을 보니 흰 가운에 머리가 희끗희끗한 의사 아저씨가 동생 배에 청진기를 여기저기 대고 옆에서는 아버지와 어머니가 걱정스러운 얼굴로 동생을 보고 있다. 평소엔 풀방구리처럼 온 동네를 홰 젓고 다니던 동생이 누워 있는 걸 보니 무척이나 안쓰럽다. 우리 동네엔 병원이 없기에 십 리나 떨어진 장성읍에서 왔을 의사 아저씨는 그 후로도 몇 번 더 왔지만, 동생은 한 달이 넘도록 일어나지 못한다. 색바랜 갈색 담요를 덮고 있는 동생은 눈을 감은 체 숨 쉬는 것도 힘겹다는 듯 쌔근쌔근 몰아쉰다. 해골처럼 바싹 마른 동생 귀에다 "깜상아! 빨리 일어나 형아 딱지 다 줄게." 동생은 실눈을 가늘게 뜨며 입을 헤벌리고는 실한 웃음을 짓는다. 그리고는 웃는 것도 힘들다는 듯 눈을 감는데 벌린 입을 보니 지난 번 넘어져서 깨진 반쪽이가 아파 보인다. 난 동생의 파란 핏줄이 있는 앙상한 손을 잡고 간절히 기도했다. "하나님! 동생을 빨리 낫게 해주세요."

학교에서 왔더니 어머니가 우시면서 동생이 죽었다고 말씀하신다. 그 말을 듣는 순간 대문에 앉아서 울고 있는데 지나가던 옆집 아줌마가 묻는다. "왜 우는 거니?" "동생이 죽었데요. 동생이 죽었어요." 입술에 빨간 칠을 한 아줌마는 "응, 그러냐." 하고는 가 버린다. 정말이지 동생이 죽었는데도 슬퍼하지 않고 아무 일도 아닌 양 가버린 그 아줌마가 너무나 미웠다. 아버지는 동생이 그날의 화물차 사고로 인한 경기로 죽었다고 말씀했다. 죽은 동생의 옷을 정리하시던 어머니가 동생의 반바지에서 사탕 두 알을 발견하고는 "깜상이 너를 주려고 안 먹고 남겼나 보다."

하늘은 금방 소낙비라도 올 것 같이 잔뜩 흐렸지만 바람 한 점 없는 고요한 날이다. 하얀 포대기로 싼 동생을 지게에 얹고 철길 건너 앞산에 묻으려고 떠나는 아버지를 따라갔지만, 철교 앞에서 멈출 수밖에 없다. 안전장치가 없는 철교 밑의 넘실거리는 파란 강물을 보고 있으려니 온몸이 굳어지고 정신마저 어질어질해서 한 발짝도 건널 수가 없다. 철교 앞에서 사시나무처럼 떨자 아버지가 "애야, 이젠 집에 가거라." "아버지요, 이 딱지 동생 주세요." 동생이 제일 좋아한 총천연색 딱지를 받은 아버지는 동생 포대기 안에 딱지를 깊숙이 집어넣는다. 철교를 건너는 아버지가 점점 멀어지자 눈물이 마구 흐른다. "깜상아! 가지 마. 형이랑 놀아." 동생이 묻힌 강원도 동점리의 그 산속 묘지도 어언 반세기가 흘렀으니 나무와 풀이 우거져서 없어졌겠지. 동생은 이 세상에 잠시 왔다가 사탕 두 알을 주곤 하늘나라로 가는 바람에 더 이상의 추억이 없구나. "깜상아! 내가 준 총천연색 딱지 잘 가지고 있지?"

교실에서 짝이 앞 친구랑 언쟁 벌이는 것을 말리다 싸움에 끼어들었는데 이게 불운이었다. 내가 먼저 친구의 다리를 잽싸게 들어 올려서 승기를 잡았지만, 친구가 넘어지면서 책상 모서리에 머리가 부딪혀 머리가 터졌다. 깨진 머리에서 빨간 피가 흐르자 친구는 "피 봐! 피 봐!" 하며 번개처럼 따귀를 올렸다. 따귀 맞은 얼굴이 얼얼했지만, 친구의 머리에서 내려오는 피가 얼굴을 타고 옷에 뚝뚝 떨어지니 어린 마음에 오금이 저렸다. 잠시 후 선생님이 헐레벌떡 뛰어오시더니 방금 친구에게 맞은 뺨을 또 "찰—싹!" 후려쳤다. 그리고 흰 헝겊으로 친구의 머리를 돌돌 싸매니 꼭 흰 모자를 쓴 것 같다. 선생님이 "너 애네 집에 가서 잘못했다고 빌어라."라는 말씀에 친구의 보자기 가방을 들고 학교를 나왔다. 앞장서 걷던 친구가 돌아보며 "우리 아빠, 무지 무서워."라며 겁을 잔뜩 주는 바람에 덜덜 떨면서 따라갔다. 언덕 밑의 돌담 벽에 판자가 얼기설기 붙은 판잣집의 문 앞에 도달하자 마치 지옥문 앞에 서 있는 기분이었다. 친구는 내가 들고 왔던 보자기 가방을 달래면서 "그냥 집에 가. 내가 달리다가 넘어졌다고 할게." 선생님이 친구 부모님에게 잘못했다고 빌라고 했는데 그냥 가도 되는지 몰라서 그냥 서 있었다. 친구가 내 등을 밀면서 빨리 가라고 할 땐 눈물이 핑 돌았다. 집에 갈 때는 어찌나 좋은지 한 번도 쉬지 않고 내리 달렸다.

내 기억 속의 동점리(洞店里)는 겨우내 얼었던 땅이 녹는 봄이 오면 흙내음과 아지랑이가 아른거렸다. 학교 점심시간엔 친구들과 뒷산에 올라가서 여기저기 만발한 진달래꽃을 푸름내가 날 정도로 따먹었다. 따가운 햇빛이 쨍쨍 내려치는 여름에는 개울에서 수영하거나 반도로 물고기를 잡았고, 별이 은가루처럼 쏟아지는 밤에는 하얀 불을 꽁무니에 단 반딧불을 쫓아다녔다. 또 산속 계곡에서 모래 알갱이도 보일 정도로 투명한 개울물을 마시며 귀여운 가재를 잡았다. 가을이면 산에 올라가서 단맛이 나는 빨간 알갱이를 따먹고 옥수수를 서리해 모래에 파묻곤 위에다 불을 피웠다. 찬 바람이 쌩쌩 부는 겨울이 오면 눈사람을 만들고 강가에서 철삿줄로 만든 썰매를 손이 아프도록 탔다.

비록 동점리에서의 초등학교 시간은 짧았지만 내 인생에서 자연과 친구가 되었던 가장 아름다운 시간이었다.

▶ 동점동 구문소(求門昭)

독 백

      ✍ 강원도 두메산골의 초등학교 시절 선생님이 누런 포대 자루에서 미국 원조 물자인 우유 가루를 배급 주는 날이면, 기쁨의 함성을 외치던 날이 엊그제 같은데 벌써 인생 후반기를 달려가고 있다. 지금도 달려가고 있는 이 길은 멈출 수도 막을 수도 후진도 안 되는 공허하고 외로운 길이다. '뜬구름 쫓아가다 돌아봤더니, 어느새 흘러간 청춘, 고장 난 벽시계는 멈추었는데, 저 세월은 고장도 없네'라는 노래 가사가 맘을 흔든다.

백호 임제는 33세 되던 해 서도 병마사로 임명되어 가는 길에 송도에 들러 황진이(黃眞伊)를 만나려고 했다. 그러나 3개월 전에 죽었다는 걸 알고 송도 어귀의 황진이 묘에 제사를 지내고 황진이 추모 시를 썼다. 그러나 임제는 부임하기도 전에 양반이 기생에게 시 한 수 올린 죄로 파직당한다. 황진이 추모 시는 인생의 덧없음을 느끼게 하는 시라 가끔 읽어 보고 아름다운 황진이를 상상하며 음미해 본다. 황진이는 조선 중기의 시인, 기녀, 작가, 서예가, 음악가, 무희로 활동했던 기생이다. 신분은 비록 미천한 기녀였지만 학식과 예술성에 로맨스까지 두루 갖춘 황진이는 40세에 짧은 인생을 마감했다.

청초(靑草) 우거진 골에 자는다 누웠는다.
홍안(紅顔)은 어데 두고 백골(白骨)만 묻혔나니.
잔(盞) 들어 권할 이 없을 새 그를 설워 하노라.

언제까지나 아버지와 어머니를 부르며 살 것 같았는데 이젠 부를 수는 있어도 볼 수는 없다. 그리곤 난 어느덧 두 아이의 아버지가 되었다. 애들은 부모의 기대와는 다른 길을 가고 있는 데다 소통마저 어려움을 느낀다. 나의 잘못인지 한국의 교육 시스템이 잘못된 것인지 생각해 보지만 이미 엎지른 물이다. 김왕배 연세대 사회학과 교수가 "사람은 역사적이고 정치적이고 사회적인 사건을 체험하는 과정에서 세계를 인식하게 된다."고 말했듯이 내가 살아온 체험 세계와 아들들이 살아온 체험 세계가 아주 다른가 보다. 지난번 집사람이 모처럼 영화관 표를 예매했다고 가잔다. "무슨 영화야?" "이번 유럽 칸느 영화제에서 황금종려상인가 수상했다는 『기생충』이야." "『기생충』이라고? 거 제목도 이상하네. 코미디 영화인가 보다." "코미디는 아니고 어쨌든 지금 인기리에 상영 중이라네." "그럼 공포 영화인가 보다."

기생충 하면 생각나는 게 있다. 5세 정도였을 때 동네를 쏘다니며 놀고 있는데 아까부터 엉덩이 항문이 간질간질하다. 그래도 신경 쓰지 않고 놀다 보니 20cm 정도의 말랑말랑한 고무줄이 항문 끝에 붙어서 흔들거린다. 집에 가서 어머니 보고 "엄마, 나 꼬리 생겼어." "꼬리라니?" 어머니는 바지를 벗기

* 영화 『기생충』 포스터, 제작 (주)바른손이앤에이, 출처: 위키백과

더니 기겁을 한다. 초등학교 시절 선생님이 매년 여름에 성냥
갑에 자기 변을 담아 오라고 했다. 그리곤 얼마 후 선생님이
변 검사 결과를 한 명씩 호명하며 회충, 촌충 등을 말했다. 당
시 농부들은 인분을 구입하여 논이나 밭 주변 큰 구덩이에 인
분을 보관했다. 보관하던 인분이 굳어 두꺼운 겉껍질이 생기
면 그것을 퍼내 물과 섞어 배추, 토마토, 고추 등 모든 채소
에 뿌렸다. 이러한 농사 구조로 기생충은 대한민국 국민이라
면 흔한 내장품이다. 외국인들이 서울로 오면서 차창 밖에서
풍기는 인분 냄새가 코를 찔러 국가적 망신이라며 정부에서
는 김포 공항과 서울을 잇는 도로변에 인분을 주지 말라고 했
다. 그러나 인분이 유일한 거름이라서 성공하지 못했다. 어쨌
든 인분을 뿌려 재배된 채소를 먹는 한국인에겐 기생충은 어
쩔 수 없는 인과응보다. 그런데 그 혐오스러운 기생충이 영화
제목이라니? 영화를 보니 지하 단칸방에 사는 가난한 가족이
수단 방법을 가리지 않고 부유한 가정집에 전 가족이 붙어먹
고 살다 결국에 살인까지 저지르는 내용이다. 내 생일이라고
작은아들이 점심을 샀는데 화제는 기생충 영화다. "아버지는
그 영화를 보고 아주 실망했다." 아들이 정색하며 "왜요? 전
그 영화 보고 충격받아서 한동안 일어나지도 못했어요." "뭔
충격? 자기가 노력해서 정정당당하게 살아야지. 남의 걸 붙어

서 먹고 살아?" "아버지, 지금 우린 갈 데가 없어요. 그렇게라도 살아야 할 처지라고요." "이놈아! 그래도 자기 힘으로 살아야지." 기생충으로 살든 딱정벌레로 살든 우리 사회가 젊은이에게 일자리 희망을 주지 못하고 있는 건 사실이다. 대한민국의 희망인 어린이와 청년에게 꿈을 주는 진정한 정치인은 안 보이고 적개심으로 선동질하는 후진적 정치 양상만 보인다. 그렇다면 좋은 정치인은 누구인가? 사마천(B.C 1457~B.C 867)은 제일 좋은 정치인은 국민의 마음을 따르는 것이고, 그다음이 이익으로 국민을 유도하는 것이고, 세 번째가 도덕으로 설교하는 것이고, 아주 못한 게 형벌로 겁주는 것이고, 최악의 정치인은 국민과 다투는 것이라고 했다.

1945년 해방 이후 60년 동안 한국에는 100여 개의 정당이 등장했다 사라졌다. 1963년부터 창당된 정당만을 보면 공화당, 민정당, 신민당, 신한민주당, 통일민주당, 평민당, 민자당, 새정치국민회의, 한나라당, 새천년민주당, 열린우리당, 민주노동당, 새누리당, 민주통합당, 더불어민주당, 자유한국당, 바른미래당, 평화민주당, 대안정치당, 정의당을 보듯이 국민의 뜻이 아닌 대통령 따라 정치인 따라 지역에 따라 이합집산하며 진화해 왔다.

대통령을 보더라도 한 분은 외국으로 망명하고, 한 분은 도
중하차하고, 한 분은 총 맞아 죽고, 두 분은 감옥 갔다 오
고, 두 분은 지금도 감옥에 수감 중이고, 한 분은 자살했으
니 지구상에 이런 나라가 대한민국 외에 또 있을까 싶다. 이
젠 우리도 정책 정당으로 국민에게 평가를 받고 집권하는 시
대가 와야 한다. 그러려면 무엇보다 국민이 깨어 있어야 하며
정치에도 관심을 가져야 한다. 전 국민이 깨어 있으면 정치인
의 눈엔 국민이 호랑이로 보일 것이다. 정말이지 대학 진학률
70.4%로 교육열과 똑똑함에 있어 세계 최고인 대한민국 국민
을 개·돼지로 취급하려는 정치인에게 한마디 하고 싶다. "정
치 고만하시고 집에 가서 개·돼지나 키우세요."

석유 한 방울 나지 않는 나라, 좁은 땅덩어리에 인구만 바글
바글하는 나라, 먹고 살기가 죽도록 어려운 나라, 일가족 자
살 사건이 연일 신문에 실린 나라, 굶어 죽는 사람이 많은 나
라 바로 1950년대의 대한민국 자화상이다. 지금으로부터 55
년 전인 육군 훈련소에 입대해서 겪었던 노인 세대의 훈련소
체험 수기다.

스무 살이 되어 군대 영장이 나왔다. 그래도 군에 가면 먹

여 주고 재워 주니 지원 입대를 결정했다. 1964년 훈련소로 입대했다. 가난한 나라는 군인도 가난했다. 지급받은 밥공기는 1950. 6. 25. 때부터 사용하던 스텐 그릇 두 개, 수저 한 벌, 그릇엔 US 마크가 선명하다. 한 개는 밥그릇, 한 개는 국그릇으로 보리와 쌀이 섞여 있는 밥은 바람이 불면 날아갈 것 같다. 멀건 국에 콩나물 몇 개가 보이는 소금국의 배식이다."

『전선 건너온 삶의 여로』(이승남, 은빛출판)

20대 시절의 화평동 집을 생각해 본다. 전동에서만 이사를 3번이나 하고 당시 달동네인 화평동 인천 극장 뒤쪽으로 이사했다. 이삿짐은 이불 몇 개와 냄비만이니 손수레 하나로 충분했고 전세방은 누님과 동생 해서 4명이 누우면 딱 맞는다. 부엌이 없는 방이라 석유곤로로 밥을 해 먹었다. 더운 여름날 자고 나니 방안에 하얀 구더기 수십 마리가 방바닥과 이불 위에서 꼬물거린다. 알고 보니 천장에서 쥐약 먹은 쥐가 썩어서 생긴 구더기가 밤새 천장 틈새로 떨어진 모양이다. 주인 포함해서 총 4가구가 살다 보니 하나밖에 없는 똥퍼 재래식화장실을 사용하는 게 여간 불편한 게 아니다. 특히 같은 처지인 옆집 전세방은 노부부와 딸 하나가 사는데 아저씨는 몸이 아주 안 좋아서 대부분의 날을 방에 누워있다. 아줌마는 광주리 생선 장수를 한다고 했다. 난 학교 다닐 때는 아저씨를 보진 못했지만 방학 땐 가끔 봤는데 파리한 얼굴에 움푹 파인 눈, 금방이라도 쓰러질 듯 한 걸음 한 걸음이 위태롭다. 아저씨가 변소를 쓰고 나서 내가 들어갈 땐 변 무더기 위에 아저씨가 하혈한 빨간 피가 낭자하다.

세계 최빈국 가난한 대한민국을 오늘의 풍요로운 선진 대한민국을 만든 주역이 노인 세대다. 지금 젊은 세대가 누리고 있는 경제적 풍요에는 앞서간 노인 세대의 끝없는 희생과 눈물과 땀이 있었음을 젊은 세대들이 알아야 한다. "옛날을 기억하라, 역대의 연대를 생각하라. 네 아비에게 물으라. 그가 네게 설명할 것이요." 이스라엘 민족 지도자인 모세가 후손들에게 한 말이다. 전문가는 세대 간의 서로 다른 모습을 무조건 거부하지 말고 다름의 이유를 이해하기 위해 진심으로 접촉해야 한다고 한다. 또 이전 세대가 가진 경험과 지혜, 그리고 새 세대가 가진 기술과 잠재력은 우리 사회의 큰 재산이며 둘 사이의 협력 없이는 우리 사회의 미래는 없다고 한다.

가정에서든 사회에서든 점점 작아지는 나 자신의 모습을 보면서 어머니와 동생을 생각해본다. '어머니! 하늘나라에서 잘

계시죠? 아버님과 대수도 봤는지요?' 동생 대수는 삼성물산을 다니다 40대에 고만두고 홍콩에서 독립 사업체를 운영했다. 그러다 50세의 젊은 나이에 중국 광주에 출장 갔다가 심장 마비로 어머님보다 3개월 전에 하늘나라에 갔다. 53세에 돌아가신 아버님보다도 짧은 세월을 불꽃처럼 살다가 죽은 동생을 생각하면 아픔이 밀려온다. 담당 의사가 어머니의 임종이 가까웠음을 말해서 홍콩에 있는 제수씨가 병원에 왔다. 눈을 감은 어머니에게 제수씨가 왔다고 말하자 눈을 번쩍 뜬 어머니는 "애야, 대수는 어디 있어?" "어머님, 하늘나라에 있어요." "하늘나라라니?" 지난 3개월간 어머니에게 동생의 죽음을 알리지 않고 그냥 중국 오지에 있다고만 했다. 동생의 죽음을 안 어머니는 눈물을 흘리며 "내가 죽을 테니 대수를 살려라. 빨리 가서 대수를 살려라. 내가 죽을 테니…." 어머니가 받았을 충격과 아픔을 생각하면 지금도 눈물이 나온다.

정말이지 요새 내 나이를 생각하면 괜히 슬퍼지고 우울하다. 인생이란 무엇인가? 죽음이란 무엇인가? 무한대의 우주에서 한 점인 지구에서 살다 죽어야 하는 나는 누구인가? 훈 친구가 문자를 보냈다. '어차피 한번 사는 인생! 잠시 왔다 가는 나그네인데 이 땅에 사는 동안 즐겁게 보내고 왜 태어나고 죽어서 어디로 가는지 알아야지. 세상일에 기웃대다 머지않은 장래에 가슴 치며 후회해도 소용없다. 성경을 통해 길을 찾아 말씀에 순종하는 삶을 해 봐라. 우리도 이 땅에 살날이 얼마 남지 않았다. 사랑한다.' 천상병 시인은 인생을 소풍이라고 했다. '아름다운 이 세상 소풍 끝나는 날, 가서 아름다웠더라고 말하리라.' 그의 시 「귀천」의 마지막 부분이다. 정말 우리 인생길은 소풍이라고 할 정도로 낭만적이고, 나그네라 할 정도로 공허한 길인가? 오늘도 지하철에서 사람들 사이의 좁은 통로로 백발이 성성한 노인이 힘겨운 발걸음으로 열심히 외친다. "예수님을 믿어야 천당을 갈 수 있습니다." "천당도 있고 지옥도 분명히 있습니다." 톨스토이는 "죽음을 망각한 생활과 죽음이 시시각각으로 다가옴을 의식한 생활은 두 개가 서로 완전히 다른 상태이다. 전자는 동물의 상태에 가깝고, 후자는 신의 상태에 가깝다."고 말을 했지만 나를 포함하여 대부분 사람은 죽음은 남의 일인 양 잊고 산다.

임종 환자를 돌보는 호스피스의 의견을 들어보면 임종 시 3가지 정도를 후회한다고 한다. 첫째는 좀 더 많이 베풀 걸 악착같이 모으기만 했다는 후회다. 인생길에서 돈은 꼭 필요하지만 돈만 쫓아다니다 어려운 이웃에 눈길 한번 두지 않은 거에 대한 후회다. 소위 나눔의 사랑을 하지 못함에 대해 후회일 것이다. 두 번째는 참지 못함에 대한 후회다. 우리가 살면서 크고 작은 문제에 부딪혀 살 수밖에 없지만 조금만 참고 시간이 가면 보다 좋은 해결을 할 수 있음에도 화내고 비방하고 욕함으로 타인을 아프게 한 것에 대한 후회다. 세 번째는 행복함을 추구 못 했다는 거다. 행복이란 게 사람마다 가치관이 달라서 일률적으로 이게 행복이라고 할 수는 없지만 좋은 친구를 만들고, 자연의 소리를 듣고, 여행하고, 감동적인 책을 읽고, 이웃을 위한 봉사를 하고, 종교를 가지는 것 등일 것이다. 사는 날이 2개월 정도 남았다는 40대의 폐암 말기 환자가 호스트바에 근무했다가 맘 잡고 택시 운전사를 하는 젊은 청년에게 "젊은 기사분이네. 살 수 있을 때 최선을 다해서 살아요. 그래야 죽기 전에 후회를 안 해. 안 해 본 일이 많은 건 후회되지 않아. 제대로 해 본 일이 없는 건 정말 후회돼. 힘들어도 참고 잘 해봐. 당신 젊잖아."

개 사랑

    ✍ 콜럼버스가 신대륙을 발견했듯이 친구도 새로운 대폿집을 개발했다며 무조건 따라 오라서 간 곳이 '인생 역전' 빈대떡 집이다. 신포동 빈대떡 집은 몇 군데가 더 있지만, 친구가 인생역전을 선택한 건 주인 여자의 미모가 한몫했기 때문이다. 오픈한 지 한 달도 안 되고 예전에 장사를 해 보지도 빈대떡을 부쳐본 적도 없다는 주인 여자가 용감하게 직업 전선에 뛰어들었다. 그날도 친구와 빈대떡을 맛있게 먹고 있는데 주인 여자가 친구에게 "개를 기르고 싶은데 어디서 알아보죠?" 친구는 현재 입양된 암·수컷 한 쌍과 새끼 두 마리를 기르고 있어서 입양에 관해 자세히 설명한다.

주인 여자는 "예전에 옆집 개를 키워본 경험도 있고요…. 무엇보다 아침에 개랑 아침 운동을 해 볼까 해서요." 내가 예전에 개를 기르려고 하다 실패한 경험이 있어서 "개는 아무나 기르는 거 아니요. 차라리 좋은 사람과 여행이나 하시지요." 주인 여자가 눈을 흘기며 "사람보다 개가 나아요." 하긴 지난번 T.V에서 이혼 한 40대 아주머니가 시골에서 개를 100여 마리나 키우고 그녀 아들은 개 사료를 트럭으로 대느라고 고생을 한다. 담당 PD가 마당이나 방이나 온통 개 천지로 더러워진 방을 청소하고 아픈 개를 보살피며 고생하는 아주머니에게 "왜 이렇게 많은 개를 혼자 고생하면서 키워요?" "개는 배신을 안 하잖아요." 내가 개고기를 안 먹는 건 개가 사람보다 낮다거나 배신을 안 하는 그런 고상한 이유는 아니다.

초등학교 시절 충주시에서 양철집의 단독 주택에 살았다. 앞마당은 봉선화, 민들레꽃 등 아담한 꽃밭을 만들었고 뒷마당엔 여러 개의 장독대가 있었다. 봄이면 어미 닭이 10여 마리의 노란 병아리를 몰고 나왔다. 그리고 '메리'라는 귀가 반쯤 접혀 있고 꽁지가 없는 회색 털의 개를 길렀는데, 메리는 내가 학교에서 오면 뒹굴고 핥는 등 난리법석이다. 어느 날의 늦은 밤 메리가 "으르렁! 컹! 컹!" 요란하게 짖어댄다. 메리의 짖는 소리에 아버지가 잠옷 바람으로 뛰쳐나갔는데 "도둑이야! 도둑 잡아라." 아버지의 고함에 도둑은 재빨리 도망갔지만 장독대의 고추장 항아리 뚜껑이 열려 있고 시뻘건 고추장이 여기저기 뭉텅이로 흩어져 있다. 도둑이 야밤에 고추장을 훔치려다 메리에게 들켜서 도망간 것이다. 지금이야 우리나라가 발전해서 고추장이 별거 아니겠지만, 1960년대 초엔 고추장, 된장이 귀해서 도둑들이 야밤에 몰래 훔쳐 갔다. 어쨌든 그 도둑은 메리 때문에 고추장을 훔치지도 못하고 항아리만 고추장으로 더럽힌 셈이다. 도둑 사건이 있은 지 며칠이 지난 어느 이른 아침에 어머니의 놀라는 소리에 모든 식구가 달려 나갔다. 네다리를 쭉 뻗고 쓰러져 있는 메리가 허연 거품을 입에서 질질 흘리고 눈동자가 파랗게 변하고 있다. 메리 앞에는 메리가 방금 토한 한 무더기 음식 속에 몇 가닥 오징어 다리가 섞여 있다. 아버지가 "이런 나쁜 놈! 오징어에 쥐약을 묻혀서 개를 죽여…." 지난번 도둑질하러 왔다가 메리 때문에 들킨 도둑이 앙갚음으로 오징어에 쥐약을 묻혀서 메리에게 던진 것이다. 메리가 도둑에게 독살당했다는 소문이 동네에 퍼지자 한 무리의 아저씨가 아버지에게 "죽은 개 우리 주쇼." 메리를 가마니에 담아 떠난 아저씨들이 왜 메리를 가져갔는지 알 수가 없었지만 얼마 지나지 않아서 알게 되었다. 메리를 먹으려고 가져간 것이었는데 놀란 것은 메리 배를 열어 보니 새끼가 10 여 마리가 있었다는 것이다. 난 어린 시절 메리와의 아픈 기억 때문에 지금까지도 멍멍탕을 먹지 않는다.

한번은 서울에 있는 재경 고교 동창회 모임 날이라 회사 일을 부리나케 끝내고 갔는데도 30분이나 지각이다. 동창회 모임은 강남의 한식집에서 했는데 20여 명 정도가 모여서 다들 열심히 먹고 있다. "어이구! 미안해 좀 늦었어." 나도 빈자리에 앉아 정갈한 접시에 담겨 있는 고기를 먹는데 고기가 연한 갈색을 띠면서 아주 연하다. 고기 몇 점을 먹고 나서 "이 고기가 뭐냐?" "멍멍이야. 많이 먹어." "멍멍이 고기냐?" 갑자기 속이 울컥하면서 메스껍다 못해 식도로 역류해서 올라오고 있다.

몇 년 전 아침마다 부평 공원에서 운동을 했다. 공원엔 가끔 개 두 마리를 끌고 나오는 50대 중반의 육중한 남성이 있다. 지금은 심장병 수술로 쉬고 있는데 왕년에는 유명 메이커 신발 유통 회사의 영업부장까지 지냈다며 그 시절의 연애 무용담을 입심 좋게 떠든다. 이 남자는 데리고 온 하얀 스피치 개를 얼마나 아끼는지 큰 덩치에 맞지 않게 품에 껴안고 눈도 마주치고 마시던 커피도 먹이고 해서 내가 "아니 개가 그렇게도 좋아요?" 남자는 개입에 뽀뽀하다 말고 정색을 하며 "내가 집에 가면 마누라가 반기겠소? 딸년이 반기겠소?" "그래도 이놈은 언제나 반갑다고 꼬리를 흔들고 아주 뒹굴어요." "잘 때도 마누라는 나 싫다고 건넛방에서 자는데 이놈만은 내 팔을 베게 삼아 자지요." "호! 그래요 그럼 나도 한번 개를 길러 볼까나?" 그래서 평소 잘 다니던 '두레박' 대폿집 사장이 얼마 전 개가 새끼를 낳았다고 해서 거금을 주고 3개월 정도의 암컷 포메라니안 강아지를 샀다. 첫날 강아지를 가져오면서 개사료, 물통, 오줌과 변을 볼 수 있는 철망 등을 사면서 모든 게 흥미로웠고 설렘의 연속이다. 또랑또랑한 눈빛과 부드러운 촉감의 하얀 털을 가지고 있는 매력 만점의 강아지는 보면 볼수록 귀엽고 예쁘다. 내가 가는 곳마다 졸졸 따라다니면서 손을 간지럽게 깨문다. 또 내가 방에 들어가 문을 닫으면 문 열라고 "도르륵, 도르륵" 문을 열어주면 꼬리를 흔들며 달려든다. 나는 강아지가 삭막한 우리 집안을 웃음이 넘치는 가정으로 변화시킬 것이라고 확신했다. 그러나 그 꿈은 두 번째 날부터 무참히 깨졌는데 집사람은 강아지가 싫다고 아예 침대에 누워 있고 큰 애도 도통 관심이 없다. 나 혼자 강아지가 여기저기 흘린 똥 치우랴, 찔끔찔끔 싸는 오줌 닦으랴, 고린내 나는 사료 챙기랴 정신이 없다. 오줌은 자기가 본 자리에 보는데 도토리만 한 똥을 여기저기 뿌려댄다. 도통 화장실로 유도가 안 된다. 그러다 보니 슬슬 짜증이 난다. '에이, 이거 잘못 가져왔네.' 그래서 세 번째 날 강아지 주인인 대폿집 사장에게 갖다 주고 돈을 도로 받았다. 반려견 입양은 새롭게 가족을 만드는 일과 같다. 나처럼 즉흥적인 감정에 끌려 반려견을 결정하면 결국 안 좋은 결과로 이어진다는 교훈을 배웠다.

가정에서 반려동물을 입양한다는 건 무한 책임질 새로운 가족을 맞이하는 것이기 때문에 사전에 많은 준비가 필요하다. 따라서 첫째는 출처가 의심스러운 곳에서 입양하는 것은 피해야 한다. 이는 간접적으로 동물 학대를 막을 수 있는 행동이다. 또한 품종에 대한 다양한 설명을 비교해 보고 특정한 성향 때문에 나타나는 까다로운 점이나 가능한 문제를 차분히 생각해 보자. 둘째는 10~15년 혹은 그 이상의 기나긴 세월 동안 반려견과 친밀한 관계를 맺으며 살아가야 한다는 점을 염두에 두어야 한다. 입양하기로 한 개가 강아지든 성견이든 그것은 견주가 선택한 결과다. 어느 쪽이든 장단점은 다 있다. 강아지일 경우에는 발달 차이나 능력 차이가 발달 과정에 커다란 영향을 미친다. 따라서 입양 시 개 나이는 반드시 고려해야 한다. 개의 일생에서 어린 시절이 일생을 결정하기 때문이다. 만약 성견을 선택했다면 생활하던 환경과 새로운 환경이 비슷한지? 견주와 함께 익숙하게 살아갈 수 있을지 사전에 점검해야 한다. 셋째는 비용이다. 반려견을 돌보고 숨질 때까지 많은 비용이 들어간다. 따라서 수명이 다할 때까지 경제적 부담을 예상하고 책임질 준비가 돼 있어야 한다. 『개를 키울 수 있는 자격』(이혜원, 김세진 옮김, 리잼출판)

전 세계에서 인터넷으로 동물을 살 수 있는 나라는 한국이 유일하다. 포털 사이트에 '강아지 분양' 등을 검색해 보면 수십 개의 사이트가 나온다. 윤 동물자유연대 국장은 "말티즈 수컷은 8~9만 원이면 분양할 수 있는데 요새 애들이 쓰는 게 임기나 장난감보다 저렴하다. 생명을 함부로 사고팔 수 없도록 동물 판매업 규제를 강화해야 한다."고 주장한다. 또 하나의 문제는 바로 강아지 공장인 종견장이다. 펫숍(Pet Shop : 애완동물 가게) 진열대 안에서 꼬물거리는 작고 뽀송뽀송한 강아지는 지나가는 행인들을 미소 짓게 한다.

하지만 안타깝게도 그 귀여운 강아지는 볕 한 줌 들어오지 않는 비닐하우스 안 철창에 갇혀 죽을 때까지 새끼만 낳는 종견장의 모견(母犬)들이 생산해 낸 상품들이다. 7년간 무려 열네 번이나 새끼를 낳은 몰티즈도 있듯이 종견장에서 대량 생산되는 애완견 수는 어마어마하다. 어디서든 돈만 내면 쉽게 구할 수 있기 때문에 버려지는 것도 쉽다. 이렇게 버려지는 애완동물은 한해 10만 마리가 넘는다고 한다. 보호소에서 유기

견을 한 마리 입양한다면 새로운 가족을 찾은 한 마리와 보호소에 새로 들어가 입양될 기회를 얻는 다른 한 마리, 총 두 마리의 소중한 생명을 살릴 수 있다. 「Econo-myChosun, 양지윤 인턴기자」

우리나라 사람들은 유독 작은 강아지를 좋아해서 '티컵 강아지'는 아주 비싸게 팔리고 있다. 하지만 설채현 수의사 동물행동 전문가는 강아지의 평균 임신 기간이 60~63일로써 티컵 강아지를 만들려면 덜 자란 새끼를 어미 개의 배를 갈라 인위적으로 끄집어내야 한다. 심한 경우 새끼에게 성장을 방해하는 주사를 놓기도 한다. 이렇게 태어난 개들은 전염병에 대한 방어력이 아주 낮고 죽지 않을 정도의 음식만 먹여가며 생존시킨다. 법적으로 강아지 공장을 규제하는 것도 중요하지만 우리가 이쁘다는 이유로, 앙증맞다는 이유로 공장산 강아지를

계속 찾는 한 이 문제는 절대로 해결되지 않는다고 한다.

  지구상 수많은 동물 중 인간의 눈을 피하지 않고 정면으로 볼 수 있는 동물은 개뿐이고 또한 인간과 개는 서로가 공감하며 기쁨의 아드레날린을 내뿜는다. 또한 개는 자기의 어떤 행동이 주인을 기쁘게 하는지 나쁘게 하는지 안다고 한다. 지적 장애인 딸을 둔 어머니가 있다. 딸이 장애로 인해 크고 작은 사고를 계속 칠 때마다 어머니가 교육상 회초리를 들었다. 아마도 어머니가 딸이 지적 장애로 말로 하면 이해가 안 되니 회초리를 들었나 보다. 어떤 날 딸이 또 사고를 치자 평소의 관행대로 어머니가 회초리를 들려고 하니 이를 유심히 지켜보던 개가 회초리를 물고 쏜살같이 도망갔다. 어떤 음식점에 큰 암컷 개가 들어와서 나가지 않고 주인만 장시간 쳐다봤다. 주인도 처음 보는 개라 호기심에 남은 음식을 주었더니 개가 열심히 먹고 나갔다. 얼마 후 음식점에 방금 왔다 간 개가 새끼 한 마리를 데리고 왔다. 주인은 그러려니 신경도 안 쓰고 일을 마치고 문을 닫으려고 하는데, 어미 개는 사라지고 새끼 한 마리만 덩그러니 남았다. 아마도 음식점 주인의 착한 품성을 안 어미 개가 피치 못할 사정으로 새끼를 입양시키고 멀리 떠난 것 같다.

여기 죽음을 초월한 인간과 개와의 영적 사랑을 보자. 서울에서 넓은 단독 주택에 살았다는 그녀의 어머니는 개를 10마리나 키웠는데 그 개들이 전부 유기견으로 한 마리 한 마리씩 입양하다 보니 10마리나 되었다. 정말이지 1마리도 키우기 힘든데 10마리나 키우는 것도 놀랍고 그 10마리를 친자식처럼 정성껏 키웠다. 어머니는 개먹이를 조달하려고 시내 음식점을 돌면서 닭발, 돼지 뼈다귀 등을 수거해서 만든 보양식을 자주 먹었다. 하루는 어떤 개가 갑자기 다리를 절룩거리며 걷기에 병원에 갔더니 고도 비만증에 고혈압이라고 해서 입원까지 시켰다. 저 멀리서 어머니가 운전하는 차 소리만 들리면 대문 앞에서 10마리가 군대 사열식처럼 일렬로 서서 기다렸다. 아마 개들끼리도 무슨 서열이 있는 건지 제일 크고 힘센 개가 첫 번째 자리고 이어서 덩치 순으로 도열했다. 어머니가 차에서 나오면 도열한 순서대로 차례차례 안기는데 개들이 어머니와 좀 더 오래 안기려고 온갖 아양을 떨었다. 어머니가 노환으로 병원에 입원하는 날이면 개들끼리 무슨 약속이나 한 것처럼 전부 밥을 먹지 않았다. 그래서 그녀가 식기를 개 앞에 디밀곤 막대기를 두드리며 "어서 먹어." 몇 번이나 강요했지만 하나같이 거부했다. 할 수 없이 어머니가 아픈 몸으로 잠시 퇴원해서 개에게 밥을 먹이면서 "나 없어도 밥을 잘 먹어야지." 개들이 어머니 말을 알아들었는지 그 후로는 어머니가 병원에 있어도 밥을 잘 먹었다. 평소에는 천방지축 뛰어놀던 개들이 어머니가 병원에 있는 동안은 개들끼리 무슨 약속이나 한 듯 있는 듯 없는 듯 조용하다. 몇 개월간 병원 중환자실에서 치료받던 어머니는 죽음이 가까워졌음을 느끼고 집에서 임종하고 싶다고 해서 퇴원했다. 어머니가 돌아가시는 전날 밤 개가 한 마리 한 마리씩 어머니 방 앞의 거실에 들어와 10마리 전부가 도열했다. 그녀가 개들을 마당으로 쫓아내려고 아무리 밀쳐도 미동도 없이 뜬눈으로 밤을 지새웠다. 다음 날 아침 어머니의 숨소리가 점점 미세해짐에 따라 임종이 임박했음을 안 개들 눈엔 아주 애달파 하는 모습을 보였으며 심지어 눈물을 줄줄 흘리고 있는 개도 있다. 그녀는 개도 인간처럼 슬프면 눈물 흘리는 걸 처음 알았단다. 어머니가 돌아가시자 어머니 희망대로 화장을 해서 수목장을 했다. 어머니가 돌아가시고 2일 후 거실에서 한 마리가 자고 있기에 밥 먹으라고 흔들었더니 죽어 있더라나. 그 후로도 하루 또는 이틀 걸러 마당 여기저기서 한 마리, 두 마리씩 죽더니 일주일 후엔 열 마리 전부 죽었다. 또 3개월 전 이 집에 놀러 온 한 지인이 어미 개가 낳은 일곱 마리 새끼 중 한 마리를 분양해갔는데 그 집에서 전화가 왔다. "우리 강아지가 갑자기 죽었네요. 한 마리 더 분양해 줄

수 없어요?" "우리 집 개들도 전부 죽어서 죄송해요." "아니!
개가 다 죽다니요?" 어미 개는 물론이고 어미 개가 죽자 지인
이 분양해 간 새끼 한 마리와 남은 새끼 여섯 마리도 따라 죽
었다. 분명 어미 개가 죽자 분양해 간 새끼까지 텔레파시가 통
했음이 틀림없다. 이어서 앞마당에 있던 큰 나무 두 그루도
잎이 하얗게 변색하면서 말라 죽었다. 어머니가 있는 하늘나
라를 따라간 17마리의 개와 2그루의 나무 이야기를 들으면서
사랑의 힘이 얼마나 위대한지를 알게 한 사건이었다. 지금도
그녀는 어머니가 자식처럼 키운 개라서 매년 어머니 기일이 되
면 개 납골당으로 가고 있다.

도시 변두리에 50대 초반의 부부가 '초코'라는 작은 강아지를 기르고 있다. 그 부부는 단독 주택에 살고 있는데 초코는 노부부가 나가기만 하면 무섭게 짖어댄다. 그래서 남편이 출근할 때는 초코 눈을 피해 간신히 도망치듯이 집을 나간다. 그리고 나면 초코는 오후 시간부터 몸을 꼿꼿이 세우곤 대문을 뚫어지게 쳐다보는데 몇 시간째 한 치의 흐트러짐이 없다. 그러한 태도로 대문을 쳐다본 지가 벌써 2년이나 되었다. 초코에게 아무리 대문을 고만 보라고 말려도 듣지를 않는다. 알고 봤더니 초코는 조그마할 때 유기견 분양소에서 딸이 가지고 와서 정성껏 키웠단다. 그런데 딸이 2년 전 불의의 사고로 하늘나라로 가고부터 저렇게 매일 오후 시간만 되면 대문만 쳐다보고 있다. 알고 보니 딸이 집에 올 때 '초코야!' 부르며 안아주었는데 초코는 지금도 딸이 오기를 기다리고 있다. 노부부가 집을 나가려면 초코가 무섭게 짖는 건 딸처럼 돌아오지 않을까 봐 짖는 거 같다고 한다. 오랜 시간 꼿꼿이 서서 대문을 쳐다보는 게 안 좋을까 봐 대문을 닫았더니 며칠 후 개가 온몸이 마비되면서 가쁜 숨을 몰아쉬기에 병원 응급실까지 실려 갔다. 그래서 지금도 어쩔 수 없이 대문을 열어 놓고 산다. 부부는 개와 함께 딸에게 가선 "초코야! 엄마가 여기 있네." 딸 무덤은 수목장으로 했는지 나무 앞에 돌멩이를 동그

랗게 모아놓고 중앙에 빨간 꽃 한 송이가 있다. 초코는 꽃을 쳐다보는데 마치 딸을 그리워하는 양 눈망울에 슬픔이 가득하다.

　노부부는 70 평생 자식 없이 살았는데 자식을 못 낳는 게 아니라 결혼할 때 남자가 여자에게 자식을 낳지 않고 사는 조건으로 결혼을 하자고 했다. 이에 여자도 기꺼이 동의하고 결혼을 했다. 애를 안 낳는 조건으로 결혼을 한 이유는 말하지 않았지만, 성경에 '수고와 눈물만 있는 게 인생'이란 말이 있듯이 우리 인생사는 무자식이 그나마 낫다고 생각한 지 모른다. 애들을 안 낳는 대신 애완견을 한 마리 키웠는데 얼마 전 죽었다면서 할머니는 눈물을 흘린다. 집안 여기저기 벽에다 개 사진을 걸었는데 노부부가 개를 안고 있는 사진, 개 독사진도 새끼부터 죽을 때까지 사진 등 마치 개 사진 전시장이다. 담당 PD가 "왜 또 안 키우세요?"라고 묻자, "개 죽는 게 너무 맘이 아파서 도저히 다시 키울 용기가 없네요."라고 답한다. 개도 자식같이 느끼나 보다.

　어촌의 한 횟집 부부는 개 2마리를 키우고 있다. 2마리 중 한 마리는 원래 키우던 개이고 '포동이'는 다른 사람이 키우던 개를 데리고 왔다. 원래 수컷인 포동이는 한 쌍의 부부에다 새끼도 5마리나 낳았다. 얼마 후 주인은 무슨 일이 있어서 새끼는 물론 어미 개까지 몽땅 딴 사람에게 넘기고 포동이만 홀로 남긴 걸 횟집 부부가 불쌍해서 데려왔다. 포동이는 횟집에 오는 사람은 물론이고 차까지도 무섭게 짖어대다 보니 개집에 묶어 놓았다. 그러자 포동이는 밥도 안 먹고 슬픈 표정으로 누워만 있다. 또 포동이는 맛있는 고깃국을 줘도 주인이 옆에 있으면 먹질 않고 슬슬 피하다 멀리 가면 그때서야 먹는다. 반면 집밖에 나서면 언제 그랬냐는 듯 주인 곁에 와서 핥고 눕고 온갖 재롱을 피운다. 나중에 동물 심리 전문가에게 상담 결과 포동이가 집에 오는 사람이나 차를 무섭게 짖어대는 이유를 알아냈다. 즉, 포동이는 전 주인과 같이 있을 때 낯선 사람이 올 때마다 자기 새끼들이 하나둘씩 사라지고 결국에는 부부였던 어미 개까지 사라지는 걸 목격하곤 낯선 사람에 대한 경계심으로 무섭게 짖어대고 있단다. 그러니 일단 낯선 환경에서는 주인에 대한 의심이 없도록 조용히 같이 있는 시간을 많이 가져야 치유될 수 있다고 말한다. 그래서 여주인은 포동이와 둘이서 드라이브를 자주 하면서 스킨쉽을 자주 했더니 드디어 집에서도 주인을 따라다닌다. 이와 비슷한 사건을 보면, 어미 개가 새끼 네 마리를 낳았다. 주인이 지인들에게 세 마리를 주었다. 어느 날인가 남은 새끼 한 마리가 감쪽같이 없어졌다. 그리곤 어미 개가 일정 시간만 되면 없어지는 걸 안 주인은 개 목에 CCTV를 달았다. CCTV 분석 결과 어미 개는 1km나 떨어진 하수구에 새끼를 갖다 놓았다. 어미 개는 새끼가 한 마리 한 마리씩 없어지니 마지막 한 마리는 보호하기 위하여 멀리 갖다 놓은 것이다. 개를 대할 땐 우리 인간이 아닌 개의 입장에서 개를 보는 지혜가 필요하다.

전라북도 임실군에서는 일제 치하인 1929년 전라선 철도 공사 시 땅속에서 1천 년이 넘는 의견비가 발견되었다. 통일신라 시대에 쓰였던 육조 체로 비석 내용을 보면 주인을 위해 죽은 개의 충성을 기리기 위해 세운 것으로 이 개에 대한 이야기는 고려 무신 정권 시절인 최자의 『보한집』에도 나온다. 비석 내용을 보면 임실군 지사면에 살던 김개인이 술에 취하여 들에서 잠이 들었다. 때마침 들불이 나 김개인이 위험에 처하게 되었다. 그러자 개가 주인을 구하기 위해 몸에 개울 물을 적셔 불을 끄다가 지쳐 죽었다. 뒤늦게 잠에서 깬 김개인은 개의 지극한 마음을 잊지 못하여 개를 묻고 지팡이를 꽂아 두었는데 지팡이에서 싹이 나와 큰 나무가 되었다. 사람들은 이 나무를 오수(獒樹)라 부르고 마을 이름도 오수로 바꾸었으며 개를 위해 비석을 세워 주었다. 「임실군 홈페이지」

　영국의 한 할머니가 어느 날인가 할머니를 대하는 개의 태도가 변한 걸 알았다. 전에는 할머니 앞에서 꼬리 치며 온갖 재롱을 떨던 개가 갑자기 우울한 표정으로 할머니를 쳐다본다. 할머니는 뭔가 짚이는 게 있어 병원에 가서 정밀 종합 진단을 받았더니 앞가슴에 작은 암 덩어리가 발견되었다. 할머니가 암 수술을 받고 집에 왔더니 그제야 그 개는 다시 예전처럼 꼬리를 흔들고 할머니에게 키스를 퍼부었다. 개가 할머니 가슴속에 있는 암 덩어리 냄새를 맡고는 슬퍼하고 있었다. 현대 의학에서도 사람 몸에 있는 암세포를 찾아내기 위해 개의 후각을 이용하는 실험이 진행되고 있다고 한다. 또한 암 환자를 1주일에 1시간씩 개와 시간을 보내게 했더니 우울증과 걱정을 느끼는 정도가 다른 환자의 절반으로 줄었다는 외국의 연구 결과도 있다.

　1920년대 일본 도쿄의 충견 '하치'는 일본 토종으로 당시 제국 대학이던 도쿄 대학 우에노 히테사부로의 반려견이다. 하치는 기차로 출근하는 주인을 따라 날마다 시부야 역에 갔다가 오후 3시면 역으로 마중 나가 주인을 기다렸다. 1925년 5

월 21일 우에노 교수가 대학에서 심장마비로 사망했다. 하치는 우에노 교수 사망 후에도 매일 오후 3시가 되면 역으로 가서 기다렸다. 마침내 9년 후인 1934년 3월 7일 하치는 날마다 교수를 기다리던 그 장소에서 숨을 거두었다. 『도시침술』(자이미 레르네르 지음, 황주영 옮김, 조경진 감수, 푸른 숲)

캐나다에서 한 남성이 자신의 연인을 살해한 혐의로 긴급 체포됐다. 러시아 출신 남성과 캐나다 출신 여성은 온라인 사이트에서 만났다. 여성은 이미 두 아이를 둔 엄마인데다 전 남편과 이혼한 지 얼마 되지 않아서 거절했지만, 남성의 끊임없는 애정 공세에 교제를 시작했다. 그러나 그녀가 온라인에서 만난 또 다른 남자와 연락하고 있다는 사실을 안 남성은 근처 숲으로 그녀를 데리고 가서 살해한 후 시신을 땅에 묻고 나뭇가지와 나뭇잎 등으로 위장했다. 그리곤 그녀를 따라온 애완견 '포스카'가 시신을 파헤칠 것을 우려해 10km 정도 떨어진 곳으로 데려가 차 창밖으로 던져 버렸다. 경찰이 길에서 헤매는 개를 발견했는데 경찰은 개가 앞장서 걸으며 따라오라는 신호를 보내는 것만 같았다고 했다. 경찰은 포스카가 안내하는 길로 따라갔더니 나무 덤불 앞에서 멈춰 섰다. 경찰은 그곳을 수색했고 마침내 여성 시신을 발견했고 남성도 몇 시간이 지나지 않아 체포되었다. 「박민지 기자, 국민일보」

　프랑스 미남 배우인 알랭 들롱은 1960년 르네 클레망 감독의 『태양은 가득히』에서 신분 상승의 욕구에 사로잡힌 가난한 청년 역할로 출연하면서 일약 스타덤에 올랐다. 1957년 영화계에 발을 들인 들롱은 50여 년간 평단과 대중의 환호 속에 90여 편의 영화에 출연했고 이 중 80여 편에서 주연을 맡은 대스타다. 자신의 장례 준비까지 해놓았다는 알랭 들롱의 마지막 소원은 3년째 함께 사는 개 '루보'와 함께 세상을 뜨는 것이라고 했다. "루보가 나보다 먼저 죽는다면 더는 바랄 게 없지만, 내가 먼저 죽게 되면 수의사에게 함께

* 영화 『태양은 가득히』 한 장면,
출처: 위키백과

가게 해 달라고 부탁하겠다. 루보가 내 무덤 앞에서 슬퍼하다가 죽는 것보다는 그게 낫다." 세계 제2차 대전을 일으킨 히틀러도 소련군의 베를린 함락 직전 오랜 세월 가족처럼 돌보았던 애견 셰퍼드 블론디를 청산가리로 안락사시키고 에바 브라운과 결혼 후 자살했다. 「김용래 특파원, 개와 함께 가고 싶다」

이젠 우리 사회도 동물 학대 방지, 생명 존중을 통한 국민 정서 함양 등을 목적으로 하는 동물 보호법이 제정될 정도로 동물 복지 인식 수준도 높아졌다. 동시에 '반려견 1,000만 시대'를 증명이라도 하듯 공원에 가면 개를 끌고 나오는 사람들이 많다. 개 문화도 많이 변해서 애완동물 화장터에서 화장하고 유골을 집에 보관하는 사람도 있다. 심지어 부모가 돌아가셨을 때 울지 않던 사람이 집에서 키우던 개가 죽었다고 통곡을 했다는 이야기도 있다. 그러나 지나친 개 사랑으로 정작 인간에게 베풀어야 할 사랑을 작아지게 해서는 안 된다. 개를 사랑하는 만큼 우리 환경도 인간도 사랑하는 마음을 가졌으면 한다.

고문관 만세

    ✍ 진해 해병대 훈련소의 순검 시간이다. 산천초목도 벌벌 떤다는 해병대 순검은 한낮의 훈련을 끝내고 취침 전에 꼭 받아야 하는 긴장의 시간이다. 내무반에서 순검을 받기 위하여 철모에 M1 총을 든 경무장으로 일렬로 대기했다. 이윽고 빨간 모자를 깊숙이 눌러쓴 교관이 나타나자 향도병이 경례를 올리며 악! 소리 나게 외친다. "1소대 총원 100명, 현재 100명 순검 준비 완료!" 공포가 흐르는 정적 속에 교관의 워커 소리만 바닥을 때린다. "저-벅." "저-벅." 교관이 가다 말고 90도로 홱 돌더니 내 앞에 선다. 교관의 매서운 눈초리에

벌써 몸은 본능적으로 기합이 들었다. "귀관 앞에 총!" 난 그동안 갈고 닦았던 훈련대로 M1 소총을 힘차게 거머쥐면서 앞에 총 동작을 하며 소리쳤다. "해병! 변. 홍. 수." 동시에 교관 손바닥이 내 얼굴을 향해 날아온다. "짝!" 정신이 얼얼하다. 교관이 다시 "앞에 총." 난 교관의 지시대로 다시 악을 쓰며 앞에 총을 해보지만 돌아오는 건 싸대기다. 양쪽 얼굴을 다섯 대나 맞고 나니 어질어질하다. 교관이 본래 가는 방향 쪽으로 가면서 내뱉는다. "고문관 새끼! 앞에 총도 못 해." 얼얼한 얼굴의 아픔보다는 '고문관'이란 단어가 내 마음을 아프게 했다. 혹시나 동기들이 나를 고문관으로 취급할까 봐 겁난다.

여기서 잠시 '고문관'이란 단어의 발생 과정을 알아보자. 1945년 8월 15일 해방 후 우리 국군의 사단과 연대엔 미 군사 고문관이 한두 명씩 파견되어서 군사 작전부터 물자 지원까지 한국군을 도왔다. 그러나 한국의 군대 문화에 익숙지 않은 데다 영어로 말하려니 미 고문관의 엉뚱한 행동이나 말이 한국군을 웃게 했다. 그러한 연유로 한국군에서 행동이 굼뜨거나 멍청한 짓을 하는 병사를 보면 고문관이라고 놀렸다고 한다. 6·25 전쟁 때는 신병들을 고문관으로 불렀는데 그 이유는 전선의 상황이 너무 급해 신병을 제대로 훈련시킬 여유가 없었다. 이들은 겨우 3~4시간 동안 기본적인 소총 사격 훈련과 수류탄 투척 요령만 습득한 뒤 곧바로 전선으로 투입되어서 전투 시 도움이 안 되었기 때문이다. 즉 고문관이란 군대에서 전혀 도움이 안 되는 병사란 뜻이 담겨 있다.

난 지금도 교관이 나의 '앞에 총' 자세가 불량해서 때린 건지 아니면 소대 전체를 긴장시키기 위해 본보기로 때렸는지는 알 수 없다. 왜냐하면 가끔 순검 시간에 본보기로 재수 없는 놈이 걸려서 맞는 수가 있기 때문이다. 며칠 전 순검 시간에도 교관이 눈에 보이는 데로 3명을 가리켰는데 불행하게도 내가 걸렸다. 여하튼 불려 나가서 맞는 이유도 모른 채 야전삽으로 엉덩이 3대를 맞고는 쭉 뻗었다. 그 다음 날 엉덩이가 까만 갈색으로 부어오르고 걸을 때마다 납덩이처럼 엉덩이가 무거웠다. 내가 두 번째로 고문관을 들은 건 상남에서의 후반기 보병 교육을 마친 후 배치된 실무 부대는 김포의 해병 2여단 3대대 11중대 1소대였다. 실무 부대에 와서 좋은 것은 총이 훈련소의 무거운 M1 소총이 아니라 M16 소총이다. 2차대전 때 미군이 쓰던 M1 소총은 무겁기도 하려니와 너무 커서 우리나라 체형엔 절대 안 맞는다. 반면 베트남 전쟁 시 미국이 개발한 M16 소총은 M1 소총에 비해 가볍기도 하려니와 명중률도 높다. 당시 포항 1사단은 M1 소총을 사용했으나 김포 2여단은 북한과 접한 전방이라 M16 소총을 보급했다. 1년에 한 번씩 있는 일주일간의 사격 훈련을 받기 위하여 사격장에 간 날은 날씨가 제법 추운 12월이었다. 이렇게 늦은 것은 국군의 날인 10월 1일 여의도에 행사 참여 병으로, 10월 10일 해병대 사령부의 해병대 해체식에 갔다가 귀대했기 때문이다. 사격장은 자칫 잘못하면 인명 사고로 이어지기 때문에 군기가 매우 세다. 일과가 총 쏘는 시간보다 사격 연습과 기압이 대부분이다. 나도 산봉우리를 돌고 오는 선착순 기압을 받다가 구르는 바람에 새끼손이 총과 바위 사이에 끼이면서 손톱이 으깨지며 날아갔다. 군대 간 남자라면 다 아는 거지만, 사격의 첫 단계는 영점 조준 사격이다. 25m 거리에 있는 표적지(가로 20cm, 세로 25cm)에 3발을 쏴서 반경 5cm 내에 3발이 몰려 있어야 합격이다. 근데 쐈다 하면 표적지 중앙도 아닌 하단에 1발의 총구멍만 간신히 걸렸을 뿐 2발은 맞은 흔적이 없다. 그럴 때마다 사격장 조교는 "2발이나 날렸네. 진짜 총 고문관 나왔네." 이어서 혹독한 기압이 따랐지만, 표적지엔 계속해서 1발만 들어간다. 나를 포함해서 영점 조준 사격에 불합격한 병사는 산 정상 선착순, 얼음 개울에 잠수 등 뺑뺑이를 계속 돌리지만, 쏠 때마다 결과는 불합격이다. "으메! 죽겠네. 왜 이리도 안 맞는다냐?" 사격 통제 장교가 총 잘 쏘는 요령을 훈시한다. "가늠쇠 위에 목표물이 정 조준되면 잠시 호흡을 멈추고, 여자에게 키스하듯이 방아쇠를 살며시 당긴다." 사격 통제 장교의 훈시대로 방아쇠를 당겼지만, 또 3발 중 1발만 들어갔다. 사격 조교는 1발만 뚫린 표적지로 얼굴을 때리면서 "야! 고문관 새끼야! 돌로 던져도 맞겠다. 그 자리에서 박아." 원산폭격을 하면서 왜 안 맞는지 도무지 알 수가 없다. 정말이지 사격 통제 장교 말씀대로 난 정확히 목표물에 사격했는데…. 이윽고 사격 선임 하사가 불합격자들 총을 걷어 사격 조교에게 나누어 준다. 내 총을 건네받은 사격 조교가 표적지를 향해 3발을 쏜다. 내가 달려가서 표적지를 가지고 왔는데 명사수라는 사격 조교도 3발 중 1발만 맞았을 뿐이다. 알고 보니 내 총은 월남전에서 너무 많이 쏜 총이라 폐기 직전의 총이었음에도 한국으로 가져온 총이다. 무엇보다 내 맘을 아프게 한 건 썩은 총으로 인해 기압받은 억울함보다 고문관 단어다. '나 고문관 아녀요.'

철책선 전방 근무가 아닌 예비 대대의 일과는 훈련소처럼 6시에 총 기상해서 저녁 10시의 순검까지 훈련의 연속이다. 여름에는 하계 기동 훈련, 겨울엔 동계 기동 훈련을 한다. 기동 훈련은 짧게는 2박 3일, 길게는 9박 10일까지 밤낮으로 이산 저산으로 이동하며 야간 훈련을 많이 받는다. 특히 동계 기동 훈련은 훈련도 힘들지만, 무엇보다 추위와의 싸움이다. 1950년 6·25 전쟁 당시 썼던 낡아빠진 텐트에 털 빠진 얇은 모포를 깔고 잘 때는 얼음장처럼 찬 땅바닥에서 올라오는 냉기로 온몸이 얼어붙고 발이 얼어서 잠이 안 온다. 그날도 어둠 속으로 야간 행군을 몇 시간째 한다. 겨울 찬바람에 코끝이 시리지만 등에선 식은땀이 난다. 시계가 없어 몇 시인지는 알 수 없지만, 자정이 넘은 것 같은데 끝없는 산악 행군이다. 피로함에 졸려서 눈을 감은 채 본능적으로 앞 전우만 따라간다. 앞 전우가 가다 서면 '쿵' 하고 부딪히면서 서서 존다. 앞에서부터 들려오는 반가운 소리 "10분간 쉬어." 소리가 나자마자 전부 주저앉아서 눈을 잠시 붙인다. 다시 앞에서부터 들려오는 소리 "부대 출발." 부대 출발 소리에 앉아 있던 전우들이 출발하자 나도 몽롱함 속에 무거운 몸을 일으켜 앞 전우를 따라갔다. 어둠 속의 산길을 올라가는데 뭔가 빠진 듯한 느낌 내 손에 당연히 있어야 할 총이 없다. 너무 놀라서 하늘이 무너지는 듯한 충격이다. 아까 10분간 쉴 때 총을 놓고 왔음이 틀림없다. 10분간 쉬어 장소가 어딘지도 모른 체 정신없이 산 밑으로 달렸다. 그림자처럼 올라오는 병사들을 뒤로하고 밑으로 밑으로 달려가고 있는데 어둠 속의 어떤 병사가 나를 잡는다. "너, 총 잃어버렸지?" 보니 부사관이다. 잃어버린 총을 넘겨받으며 경례를 힘차게 붙였다. "감사합니다. 정말 감사합니다."

▶ 뒷줄 우에서 2번째가 저자임

군대에서 총은 제2의 생명처럼 소중히 다룬다. 총 분실은 군 감방으로 직행이고 감방을 갔다 오면 불명예 제대다. 더욱이 총 분실은 대대장까지 문책이기 때문에 중대에서 책임지고 조용히 자체 해결이다. 그러다 보니 옆 부대 가서 총을 훔쳐오기 마련이고 잃어버린 부대는 다시 옆 부대로의 총을 훔치는 도미노 현상이 벌어진다. 얼마 전에도 모 부대에서 총 성능을 알아본다고 총을 이불로 싸서 발사했더니 총이 부서졌다. 그러니 그 총을 보충하고자 이웃 부대 총을 훔쳐 채워 놓다보니 김포 여단 전체가 총 분실로 인해 긴장감이 높아진다. 그나마 내가 금방 분실된 총을 찾았으니 총 찾아준 부사관님께 백번 절해도 부족하다. 만약 총을 못 찾았으면 대대 동계 기동 훈련은 중단되고 모든 병사가 총 찾기에 혈안이 되었을 것이다. 그럴 경우 신병도 아니고 준고참인 난 제대하는 그날까지 '왕 고문관' 취급을 받을 텐데 생각만 해도 끔찍하다.

1950년 6·25 전쟁이 일어나기 전의 38도는 지금의 DMZ처럼 높다란 철조망에 개미 한 마리 얼씬 못하는 경계선이 아닌 보이지 않는 선을 중심으로 남과 북이 대치하던 시기다. 그러다 보니 옆집처럼 가까이 있는 남과 북 초소에서 아침 인사까지 할 정도다. 국군 초병이 "어이 인민군! 안녕하슈?" 인사하면 이어서 인민군 초병도 "그랴! 국방군아! 아침밥 먹었시까?" 국군 졸병이 총기를 수리하다 부속품 하나를 분실했다. 분대장 (부사관)이 이를 꼬투리 삼아 "군인이 총 부품을 잃어버려. 아주 기합이 단단히 빠졌구먼." 총 고문관이라며 기압에다 주먹을 날린다. 매일 매일 분대장의 으름장과 구타 속에 불안의 날을 보내던 졸병은 월북을 결심한다. 졸병은 야밤에 월북하면서 자기 총은 물론 동료 총까지 2자루를 짊어지고 북한 초소로 도망갔다. 다음 날 아침 북한 초소에서 국군 졸병이 예전 상관이었던 분대장을 부른다. "분대장! 분대장!" 드디어 분대장 얼굴이 보이자 "야! 이쌔끼야, 나 여기 왔다. 어쩔래?" 국군 병사가 총 부품 하나 잃어버려서 월북까지 한 실제 사건이다.

전방 근무가 아닌 예비 대대의 경우 말년 병장이라도 제대한 달 전까진 열외 없이 훈련을 받는다. 오늘도 우리 중대는 아침 구보를 시작으로 총검술에 태권도에 열심히 훈련을 받는다. 그런데 중대 선임 하사가 예정에도 없는 중대 전체를 집합하라고 해서 연병장으로 모였다. 연병장 단상엔 군 감방에서 몇 개월을 살곤 이제 막 출감한 김 일병과 중대 선임 하사가 서 있다. 중대 선임 하사가 화가 잔뜩 난 얼굴로 김 일병에게 삿대질에 욕까지 해댄다. '아니 막 감방을 나왔으면 고생했다고 위로할 일이지. 저렇게 다그치냐고?' 이윽고 중대 선임 하사가 김 일병의 멱살을 잡으며 "그래 그 돈을 몽땅 뺏겼단 말이지." 김 일병의 사연을 들어보니 나도 덩달아 화가 난다. 첫 휴가의 기쁨을 안고 부산 집으로 간 김 일병은 친구들과 만나기로 한 약속 장소로 가기 위해 시내버스를 탔다. 그런데 아까부터 옆에 서서 연신 흐르는 땀을 손수건으로 닦으며 괴로운 듯 눈을 감았다 떴다 하는 뚱뚱한 중년 남자가 거슬렸다. 아니나 다를까 버스가 사거리 신호등에 멈추고 있을 때 이 남자가 "억!" 하며 쓰러졌다. 김 일병도 놀랐지만 더 놀란 건 버스 운전사다. 버스 운전사가 버스를 멈추고는 당황해 하며 주위에 몰려있는 승객들에게 빨리 병원으로 데리고 가야 한다고 외쳤다. 그러자 옹골차게 생긴 한 사내가 쓰러진 중년 남자를 일으키더니 김 일병 등에 업혔다. 김 일병이 중년 남자를 업고 버스에서 내려 병원으로 뛰기 시작했다. 김 일병이 병원 응급실에 중년 사내를 눕히고 물을 먹고 있는데 같이 따라왔던 사내가 따라오라는 눈짓을 보냈다. 화장실로 따라 들어간 김 일병에게 사내는 조그마한 가죽 가방을 열어 보이는데 시퍼런 돈뭉치가 몇 다발이다. "이 돈 쓰러진 그 남자 돈인데 튀자우." 병원을 부리나케 빠져나와 사내로부터 얼떨결에 돈뭉치를 건네받은 김 일병은 집에 가서 세어 보니 20만 원이나 된다.

1974년에 당시 군인 병 월급이 1,700원이고 근로자 평균 월급이 10만 원이 안 되었으니 근로자 월급 2개월 치나 되는 큰돈이다. 너무나 큰돈에 겁이 난 김 일병은 집으로 가서 돈을 비닐봉지에 싸서 뒷마당에 묻곤 귀대했다.  아마도 제 딴에 시간이 가면 사건이 잊혀지리라 생각한 모양이다. 8개월 후 2번째 휴가를 간 김 일병은 땅속에 꽁꽁 숨겨 두었던 돈을 꺼내 친구들에게 한턱내려고 부산 중심가로 갔다. 친구들과 만날 장소인 술집으로 막 들어갈 찰나 해병대 헌병의 검문을 받았다.

노태우 대통령 시절부터 올림픽 대회에서 외국인 눈에 거리의 군인 모습을 보이는 게 안 좋았는지 헌병도 안 보이고 휴가병들도 사복으로 입고 다니는 것 같다. 어쨌든 김 일병은 모자 속에 소지품을 전부 꺼내 모자에 담았는데 거액의 돈에 헌병이 놀란 모양이다. 헌병이 "웬 돈이 이렇게 많아." "옛! 장사하는 아버님이 수금하라고 해서 가지고 가는 겁니다." 헌병은 워낙 큰돈에다 사시나무 떨듯 떨고 있는 김 일병이 의심쩍었는지 집에 가서 확인하자며 지나가는 택시를 부른다. 택시를 타고 집으로 달려가는 와중에 다급해진 김 일병은 헌병에게 8개월 전 휴가왔을 때의 버스에서 일어났던 사건을 그대로 이실직고했다. 택시에서 내린 헌병과 김 일병은 다방으로 들어갔다. 다방에서 두 사람이 지폐를 탁자 위에 올려놓고 얘기할 때다. 검은색의 반 재킷을 입은 민간인 둘이 앉으면서 "잠깐 봅시다." 헌병이 "뭐요? 당신들은." "방금 택시 운전사의 범죄 신고가 들어왔습니다." "운전사라니?" 뒤돌아보니 다방 문 옆에는 방금 헌병과 김 일병이 타고 왔던 택시 운전사가 빙긋이 웃고 있다. 만약 김 일병이 택시에서 얘기하지 말고 조용히 집에 가서 이실직고했거나, 아니면 한 3만 원만 빼고 나머진 도로 땅속에 묻었으면 최악의 사건 확대는 막지 않았을까? 물론 김 일병의 이러한 행동은 범죄에 해당되겠지만. 차라리 돈 갖고 튀자는 그 사내의 제안을 단호히 거부하고, 그 돈 몽땅 병원 담당자에게 맡겼으면 선행 해병으로 표창장은 물론 특별휴가도 받을 수 있었을 텐데. 중대 선임 하사가 마지막으로 김 일병에게 한마디 던진다. "에라이, 이 천하의 고문관아! 이런 고문관이 어떻게 해병대에 들어왔지."

한반도는 1945년 8월 15일 광복과 동시에 북위 38도선을 경계로 남과 북이 분단돼 서로 대립하게 됐다. 1948년 남한

정부 수립 이후에도 계속된 좌·우익의 첨예한 대립으로 남한의 사회는 몹시 불안했다. 이러한 남한의 정세와 스탈린의 세계 공산화 전략, 모택동의 전쟁 지원 약속 등에 고무된 김일성의 무력 적화 통일 야욕에서 비롯된 것이 1950년 6월 25일 기습남침이다. 인민군은 3일 만에 서울 점령, 한강을 넘어 한달 만에 낙동강 전선까지 도달했으며 8·15 광복절날까지 부산을 점령하려 했다.

국군은 개전 초 한강 북쪽에서 치명타를 맞았고 낙동강 전선까지 후퇴하는 동안 막대한 병력 손실을 입었다. 전선의 상황이 너무 급해 신병을 받아도 이들을 제대로 훈련시킬 여유

가 없었다. 이들은 겨우 3~4시간 동안 기본적인 소총 사격 훈련과 수류탄 투척 요령만 습득한 뒤 곧바로 전선으로 투입되었다. 희생자는 계속 늘었고 고문관으로 불리는 신병들은 계속 도착했다. 한바탕 격전을 치르고 나면 부대원의 30~40 퍼센트가 사라졌다. 국군은 병력 부족을 보충하기 위해 전국 징집 동원령을 내렸다. 물론 거리에서도 마구잡이로 징집된 청·장년들에게 총 쏘는 법과 총 분해 정도의 속성 교육만 시키고는 바로 최전선에 투입했다.

신병이 야간 보초를 서는 어느 날 중대장이 야간 순시를 했다. 당연히 보초병은 어둠 속에 다가오는 정체 모를 사람에게 총을 겨누고 경계 원칙대로 "손 들엇!" 후 손든 상대방에게 "한라산(암호)!" 해야 하지만 소가 닭 보듯이 멀뚱멀뚱 쳐다본다. 화가 난 중대장이 초병 정강이를 걷어차면서 "이 새끼야! 너 여기 왜 서 있는거야?" 정강이를 심하게 걷어차인 초병 "아이쿠! 스라켕 서 있는데 와 때린데유?" 화가 난 중대장이 다른 초소도 걱정이 돼서 다음 초소로 이동했다. 중대장이 다가오자 보초병이 총을 겨누면서 우렁차게 외친다. "손 들엇!" 중대장은 양손을 들면서 내심 기쁨을 감추지 못해 미소가 넘친다. '음 여기 초소병은 제대로 잘하고 있구면.' 이어서 초소병이 오늘의 암구호를 외친다. "한라산, 지리산." 암구호가 무엇인가? 야밤에 다가오는 군인이 아군인지 적군인지를 구별하기 위한 서로의 약속 언어다. 초병이 "한라산!" 하면 다가오는 상대방 군인이 "지리산!" 해야 아군인지를 알지만, 암호를 안하거나 하더라도 지리산이 아닌 딴 이름을 말하면 즉시 사살하든지 생포해야 한다. 중대장은 이번에도 끓어 탕이다. 지휘봉으로 초병 철모를 후려치면서 "이놈아! 암구호는 하나만 말해야지 네가 둘 다 말하면 그게 암구호냐?"

오늘도 부족한 병력 자원을 확보하기 위하여 헌병들이 트럭을 세워두고 청·장년을 징집한다. 카빈총을 든 헌병이 마침 베잠방이를 입고 지나가는 남자에게 "야! 너 이리 와." 베잠방이 남자는 헌병의 오라는 손짓에도 멀뚱멀뚱 쳐다만 본다. 헌병이 눈을 부라리며 "이 새끼야, 오라는 말이 안 들려?" 카빈총 개머리판으로 베잠방이 남자의 어깻죽지를 후려치고는 트럭 위로 올려 보낸다. 트럭에 잡혀 온 청년들로 꽉 채워지자 신병 훈련소로 달린다. 신병 훈련소에서 3일 동안 배운 건 총 몇 발 쏘는 것과 총 분해 정도를 익히고 최전선에 배치된 베잠방이 신병은 누구인가? 시골에서 농사만 짓다 잠시 읍내로 나왔다가 헌병에게 잡혀 대한민국 육군이 된 올해 30세의 저능아 떡배다. 군대에서 고문관은 어디에도 있기 마련이지만 떡배 이병은 구제 불능의 고문관이다. 오죽했으면 소대장이 떡배 이병을 이 일병과 짝을 만들어서 "이 일병, 떡배 이병 좀 단단히 잘 보살피거라. 이놈 때문에 우리 소대가 결딴날 수도 있어." "징집할 놈이 따로 있지. 어디서 저런 저능아를 징집하냐구?" 신병이야 선임들 시키는 대로만 하면 문제될 게 없지만, 떡배 이병이 전혀 따라오지 못하니 이 일병도 여간 괴로운 게 아니다. 한창 전투 중 총알이 빗발치듯 날아오면 떡배 이병은 대응 사격은커녕 머리를 땅에 박은 채 부들부들 떨면서 미동도 안 한다. 이를 보다 못한 소대장이 화가 머리 꼭대기까지 나서 엉덩이를 걷어차지만, 꼼짝도 안 하니 어쩔 도리가 없다. 소대장은 떡배 이병이 전투에 도움은커녕 방해만 되니 상부 기관에 제대 요청서를 올렸다. 상신 내용을 보면 「떡배 이병은 길거리에서 헌병에 잡혀 징집된 병사이나 지적 저능아로 전투 시 총 한 발 쏘지 못하는 병사이기에 전투 수행 불능자로 조기 제대를 요청함. 1950년 7월 25일, 이일동 중위」

은가루를 뿌려 놓은 것처럼 반짝이는 밤하늘에 "펑!" 소리와 함께 파란 색깔의 예광탄 한 발이 올라가는가 싶더니 북한군의 총공세가 시작된다. "따르르… 탕… 타앙!" "구르르…

쾅!"소낙비처럼 쏟아지는 총알과 포탄 폭음의 혼재 속에 여기저기 국군 전사자와 부상당한 병사들의 신음 소리가 넘친다. 북한군의 총공세에 더 버티기 힘들다고 생각한 소대장은 후퇴 명령을 내린다. "후퇴하라! 후퇴하라!" "전사자와 부상자들을 최대한 후송하라." 피맺힌 소대장의 후퇴 명령에 살아남은 소대원들이 방죽 터진 물처럼 후방으로 달려간다. 후방으로 후퇴한 소대장은 소대원들을 집합해서 재정비한다. 전사자와 부상병을 분리하고 남은 소대원을 보니 유독 떡배 이병이 안 보인다. 떡배 이병을 전선에 놓고 왔다는 것을 안 소대장은 떡배 이병에게 미안한 맘이 든다. '그놈 조금만 더 있으면 불명예 제대시킬 놈인데….'

인민군 제3사단에서 군관 회의가 열렸다. 금빛 색깔의 누런 견장을 단 정치 군관이 심각한 얼굴로 먼저 일장 연설을 한다. "동무들! 이번 전투에서 우리는 혁혁한 전과를 올렸소. 동무들의 노고를 치하하오. 그러나 불행하게도 잡은 국방군 포로 중 떡배라는 동무가 있소. 이런 머저리를 북조선에 둔다는 것은 북조선 발전에 지대한 방해가 될 것이요. 하루라도 빨리 남조선으로 보내는 것만이 북조선이 승리하는 길이요." 이어서 노란 왕별 견장을 단 전투 군관이 확고한 어조로 "아니 되오. 지금 우리의 영웅적인 인민군은 그동안 연일 치러온 전투로 인하여 병력 손실이 매우 크오. 지금 전투 현장에선 단 한 명의 동무가 아쉽소. 머저리 떡배 동무도 전투에 도움이 되면 되었지. 손해는 없을 것이요. 그러니 북조선에 남겨야 하오." 머저리 떡배를 남조선으로 다시 보내자는 정치 군관과 북조선에 남겨서 전투병으로 써야 한다는 전투 군관과의 논쟁이 격해지고 있다. 쉽사리 결론이 안 나자 다혈질인 정치 군관이 권총을 빼 들고 전투 군관의 머리통을 겨누자, 이에 질세라 전투 군관도 권총을 빼서 정치 군관의 코에 댄다. 여차하면 발사하는 일촉즉발까지 가자 연대장 군관이 지휘봉을 흔들며 중재를 한다. "이 보라우야! 남조선 국방군 머저리 떡배 한 놈 때문에 우리의 위대한 북조선 인민 공화국 군관이 두 명이나 죽으면 대손실이야. 날래 날래 총 치우라야."군관 회의가 끝난 다음 날 떡배를 부른 정치 군관이 다정한 소리로 "떡배 동무! 동무는 이 시간 이후 북조선인민공화국에서 방출이요. 그러니 지금 즉시 남조선으로 떠나오." 방출이란 말을 듣자마자 떡배가 주저앉으며 군관 바지를 잡는다. "남한으로 안 갑니다. 여기 더 있다 갈래요." 비록 국방군 포로로 잡혀 온 떡배지만 머저리라는 걸 안 군관들이 동정심으로 취사병에게 떡배만큼은 밥을 곱빼기로 주라고 한 게 탈이다. 남한에 있을 땐 매 끼니마다 주먹밥 한 덩어리만 겨우 먹었으니 오죽 배가 고팠으랴? 남한으로 안 가겠다는 떡배와 어떡하든지 남조선으로 다시 보내려는 정치 군관과의 기 싸움은 2일이나 계속되었다. 드디어 정치 군관이 묘안을 하나 냈다. 인민군도 미군 폭격기의 융단 폭격에 후방 보급이 끊겨 식량이 절대적으로 부족함에도 쌀떡을 만들어 배낭에 넣고는 "떡배 동무! 이거 떡배 동무가 제일 좋아하는 쌀떡이요. 이 떡을 줄 테니 제발 남조선으로 가주오." 쌀떡 배낭을 짊어진 떡배는 백기를 단 작대기를 들고 남한으로 떠날 준비를 한다. 백기와 떡 배낭을 멘 떡배가 등단하자 연대 군관 이하 정치 군관, 전투 군관 등 군관이 총동원돼서 박수를 쳤다. 연대장 군관 동무가 대표로 환송 인사를 한다. "떡배 동무! 남조선 가서 잘 살라우. 제발 조선 민주주의 인민 공화국에 다시는 오지 말라우. 자 동무들! 남조선으로 떠나는 우리의 영웅적인 떡배 동무를 위하여 다시 한번 박수." 연대장 이하 모든 군관들의 우레같은 박수 소리에 기분이 좋아진 떡배가 발걸음을 힘차게 뻗으며 북한 진지를 나선다. 멀어져 가는 떡배를 보며 연대장 군관이 내뱉는다. "저런 머저리는 우리 조선 민주주의 인민 공화국 발전에 전혀 도움이 안 되야. 남조선으로 보내는 게 일거양득이지."

전선에서 최 첨병 초소의 국군 초병 둘이 어제의 격렬한 전투 피로감에 감기는 눈을 부릅뜨고 적군 쪽을 경계하고 있다. "김 일병! 저기 어떤 놈이 혼자 오네." "정말 혼자 오네요." "저 넘아 미쳤나! 이 백주 대낮에 걸어오다니. 일단 총을 조준하고 여차하면 쏴버려." "긍디 병장님, 저넘아요. 총은 안 보이고 작대기에 백기를 달았는데요." "아니 그렇다면 투항인데 인민군이 총을 안 쏘네. 어떻게 된 거야?" "거참 이상하네요. 왜 인민군이 남쪽으로 투항하는 놈을 사살하지 않지요?" "그러게 거참 이상하다. 뭔가 함정이 있을지 몰라. 총 단단히 겨누고 정신차려 보거레이." 떡배가 쌀떡 배낭을 짊어지곤 인민군에 포로로 잡힌 지 3일 만에 다시 국군 쪽으로 가는 중이다. 국군 초병이 다가오는 떡배 이병을 향하여 총을 조준하고선 "손 들엇!" "나여요. 나란 말이유." "나라니? 안 들면 쏜다." 마치 금방이라도 총을 발사할 듯한 국군 초병의 기세에 눌린 떡배가 털썩 앉고는 울면서 "나 떡배란 말이유. 떡배 몰라유?" "아니 너 떡배 맞냐?" "글씨 떡배란니깐유." 초병이 떡배를 데리고 소대장 앞으로 데리고 갔다. 떡배를 전투 중 행방불명자로 상부에 보고한 소대장으로선 황당하기가 그지없다. 적군 쪽으로 잡혀간 부하가 3일 만에 손끝 하나 다치지 않고 살아서 떡까지 짊어지고 왔으니 말이다. 얼마 후 떡배의 전후 사정을 안 소대장이 떡을 맛있게 먹고 있는 떡배에게 한마디 한다. "떡배야! 넌 북한에 그대로 눌러앉아 사는 게 우리 대한민국에 애국하는 길인디…." 떡배는 즉시 전투 불능자로 인정되어서 이병 계급으로 불명예 제대를 시켰다. 전쟁이 끝나고 얼마 후 소대장에게 편지가 날아왔다. "소대장님! 저 이쁜 샥시랑 장가가유."

인민군의 전면 공격에 후퇴 중인 국군 중 막 전선에 투입된 신병 하나가 먹을 것을 구하러 마을에 내려갔다가 그만 길을 잃었다. 여기저기 헤매던 신병은 다리가 아파지자 지나가는 차가 있으면 얻어 탈 요량이다. 멀리서 들려오는 차 소리를 듣고 '이크, 드디어 차가 하나 오는군.' 부르릉… 부르릉… 꽹음을 울리며 달려 온건 무시무시한 북한군 탱크다. 탱크를 첨 본 신병은 차를 탈 욕심으로 무조건 탱크를 세웠다. "헤이! 나 좀 태워줘." 벙거지 모자를 쓰고 M1 총에 누더기 군복을 걸친 국군을 본 북한군 탱크 병 "저거이 국방군 아니가?" "조장님! 국방군인디 혼자 아닙니까?" "저렇게 혼자서 우리를 세운 건 우리가 완전 포위된 거야. 일단 항복하자우." "분대장 동무! 항복은 아니 되오. 그냥 확 밀고 내려갑시다요." "이보라우 동무! 우린 꼼짝없이 포위된 거야. 죽는 것보다 포로라도 돼야 살지 않갓나?" 탱크 해치를 열고 손들고 나온 인민군이 도합

4명이다. 꾸역꾸역 나온 군인을 보니 별이 달린 인민군 모자를 쓰고 있다. 혼비백산한 신병은 '아이구! 인민군인 줄 모르고 차를 세웠네.' '도망가면 총을 쏠 것이고 그냥 무시하고 앞으로만 걸어가면 지들도 알아서 안 오겠지.' 인민군을 아예 무시하고 총을 둘러멘 체 앞만 보며 부리나케 걸어가는 신병을 본 인민군은 따라오라는 뜻인 줄 알고 신병 뒤를 따라다닌다. 드디어 신병이 자기 부대에 간신히 도착하자 '아이구! 살았다.' 얼마나 긴장했던지 털썩 주저앉았다. 그러자 뒤따르던 인민군도 같이 주저앉자 놀란 건 신병이었다. "에그머니나! 여기까지 따라온겨?" 어쨌든 이 일로 신병은 적 탱크도 포획하고 포로도 4명이나 잡아서 2계급을 특진했다.

중대장은 인민군 포로를 잡아 정보를 얻기 위해 1개 소대 병력으로 산등성이 있는 적의 전초 진지를 야간 공격했다. 고지를 공격하는데 병사들도 죽음에 대한 공포심을 갖고 있어 겁이 나 있는 상태다. 소대장이 "돌격 앞으로!" 악을 쓰며 병사 엉덩이를 차면 바로 앞사람 앞에 나가서 엎드리고, 그 앞사람은 바로 앞사람 앞에서 엎드리는 식이다. 더욱이 한두 명이 죽었거나 다쳤다 하면 죽은 사람은 그냥 두고 다친 사람을 네다섯 명이 끌고 내려가고 함께 내려간 병사들은 다시 올라오지 않으니 전투할 부하 수만 계속 줄어들고 있다. 진퇴양난에 처한 나머지 소대원들은 적 진지의 턱밑 사각지대에 붙어 꼼짝 못 하고 있다가 피로와 공복에 모두 잠이 들었다. 먼동이 트는 새벽녘 다소 머리가 둔한 고문관 하나가 잠에 깨어 주위를 돌아보니 소대가 보이지 않았다. 잠에서 덜 깬 고문관은 '아차! 내가 자는 사이에 모두 공격해 올라갔구나.' 싶어서 얼른 M1 소총을 둘러메고 어슬렁어슬렁 산 정상으로 올라갔다. 정상에서는 어제 국군의 야간 공격에서 겨우 벗어나 한숨 돌린 인민군들이 하나같이 잠들어 있다. 고문관은 곤하게 자고 있는 인민군을 발로 차면서 히죽히죽 웃으며 "임마! 어서 일어나라고." 인민군들은 고문관의 여유 있는 태도에 '우리가 졸고 있는 사이에 점령당했구나.' 생각했는지 순순히 손을 든다. 고문관은 두 명을 앞세우고 "소대장님! 어디 기시유? 이리와 보시유." 고문관의 외침에 산등성이에 숨어 있던 소대장이 대원들을 이끌고 달려가서 남은 벙커까지 뒤져 세 명을 더 생포했다. 그 후 고문관 신병은 용감한 병사로 훈장 포상과 상병으로 특진되었다.

북한 압록강변 초산까지 진격한 국군은 중공군 참전 소문만 들었지 실제로 본 적은 없다. 마침 분대장이 병사 7명을 데리고 야간 경계 중 정찰 나온 중공군 한 명을 사살했지만, 나머지 도주했다. 분대장이 전과 보고를 한다. "소대장님! 야간 경계 중 중공군 한 명을 사살했습니다." "뭐라고? 중공군을 사살했다고." 중공군 사살 보고는 소대장에서 중대장, 대대장, 연대장까지 보고가 되었다. 그러자 연대장은 중공군의 한국전 참전을 직접 눈으로 확인해야겠다며 사살한 중공군 머리를 잘라 오라고 명령했다. 분대장은 명령받은 대로 한 병사에게 "너 중공군 머리 좀 잘라 봐." "오메요! 어떻게 사람 머리를 자르당가요? 지는 죽어도 못 한당게요." 나머지 병사들도 한결같이 못 하겠다고 아우성이다. 분대장이 권총을 빼 들고 "탕!" 한발을 공중에 쏘며 "이제부터 중공군 시체의 목을 벨 자는 서슴지 말고 앞으로 나온다. 5분 내로 나오지 않을 경우 각오해라." 전투 중 아무리 총 맞은 시체를 숱하게 봤다고 하더라도 사람 목을 베는 게 어디 쉬운 일이겠는가? 그 누구도 선뜻 나서질 않고 우물쭈물하는 분대원들의 모습을 본 분대장은 "다시 5분을 주겠다. 나오지 않을 경우 한 명씩 명령 불복종으로 사살하겠다." 당시엔 전시라 분대장급 이상은 부하가 명령 불복종 시 즉결 처형권이 있었다. 분대장은 한 명, 한 명 앞으로 가서 이마에 권총을 대며 "자네가 목을 자를 것인가?" "죄송합니다. 못 하겠습니다." "그럼 자네가 목을 자르겠나?" "죄송합니다. 저도 못 하겠습니다." 모든 병사가 하지 못하겠다고 고개를 떨구자 중공군 머리를 빨리 가지고 오라는 연대장의 노기 띤 얼굴을 생각하는 분대장의 얼굴은 흙빛이다. 하긴 아무리 명령에 죽고 명령에 사는 군인이라도 동태 대가리도 아닌 사람 머리를 칼로 자른다는 건 어려운 명령이다. 할 수 없이 분대장이 직접 대검을 꺼내 중공군 목을 내리친다. 5번의 시도 끝에 간신히 중공군의 목을 자른 분대장은 정신 나간 사람처럼 한동안 하늘을 멍하니 쳐다보곤 주저앉는다. 이젠 피가 방울방울 떨어지고 있는 중공군 머리를 담은 포대를 누가 연대장에게 전달하느냐. 분대원들 모두가 하나같이 못 들고 가겠다고 아우성이다. 그러자 할 수 없이 분대장이 중공군 머리 포대를 둘러메고 연대장으로 가서 "충성! 중공군 머리를 잘라서 가지고 왔습니다." "어디 보자. 꺼내봐." 중공군 머리 사건 이후 분대장의 머리가 약간 돌았다. 이를 안타깝게 생각한 연대장이 분대장을 위험한 전방보다는 안전한 연대 본부에 배치해두고 가끔 정문 보초를 세우곤 했다. 하루는 연대장이 보초 서는 분대장을 보곤 지프차에서 내려서 "나 누구냐?" 연대장을 뚫어지게 쳐다보던 분대장은 연대장 머리를 쓰다듬으며 "자네가 연대장 아닌가?"

고문관이 병에게만 있고 별을 단 장군님 고문관은 없을까?

현리 전투는 1951년 중공군의 5월 공세 때 국군 제3군단이 중공군과 북한군 3개 군단의 공격을 받고 방어에 실패하여 현리 지역에서 하진부리까지 후퇴한 전투다. 급박한 철수 과정에서 국군 제3군단은 지휘 체계가 완전 와해되고 많은 병력 상실로 해체의 비운을 맞이하였다. 후퇴 과정에서 계급장을 뗀 장교와 민간 복장으로 변장한 장교들이 많았다. 이는 장교 신분으로 인민군에게 포로로 잡혔을 경우 총살당할 가능성이 높은 데다 총살을 면하더라도 가혹한 취급을 받을까 봐 자발적으로 병으로 강등한 것이다. 별 계급장을 떼고 낙오병 대열과 함께 철수하고 있던 사단장에게 한 병사가 눈에 띄었다. 한 병사가 방금 농가 처마에 매달린 날옥수수를 따서 한 알씩 맛있게 먹고 있는 것이다. 사단장이 명령으로 나 사단장인데 며칠 굶었으니 옥수수 좀 달라기엔 체면이 안 서는지 슬며시 손을 내밀었다. 그러자 옥수수알을 씹고 있던 병사가 일어나서 사단장을 노려보더니 사단장 허벅지를 걷어차면서 "이 쌔끼야! 달랄 게 있지." 얼떨결에 허벅지를 강타당해 쓰러진 사단장의 얼굴엔 붉으락푸르락 노기가 가득하다. 후일담이지만 전쟁이 끝난 후 사단장은 옥수수만 보면 경기를 하곤 절대로 먹지 않았다고 한다.

북한군에게도 고문관이 있을까? 북한군에서 가장 환영을 받는 신병은 축구나 체육을 잘하는 병사가 가장 선호하는 대상이다. 반면 체육을 못 하는 병사는 일명 '똥자루'라고 불리며 몇 년간 철봉, 평행봉, 전회 등이 숙달될 때까지 고문관 신세를 면하기 어렵다. 따라서 그들은 자연히 주눅이 들게 마련이다. 여기서 전회란 남한의 리듬 체조 회전 동작과 유사한데 땅을 짚고 한 바퀴 공중 회전한 뒤 땅에 두 발로 착지하는 것이다. 난이도에 따라 1~6종, 평행봉 1~6종이 있다. 소대, 분대에는 한 명씩 꼭 문제아들이 있는데 이들은 한국식으로 말하면 고문관이라고 할 수 있다. 이들은 골칫거리이긴 하지만 왕따를 당하지 않도록 부대원들이 뒤처지는 훈련이나 생활 등에 충고하고 도와주려고 한다. 북한군의 일반 병 복무 기간이 보통 10년으로 한 5년 정도 지나면 그들도 고문관을 벗어나게 된다. 「북한군에는 건빵이 없다, 이정연, 플래닛 미디어」

1970년대 군대 시절의 '고문관' 용어를 요새는 '기수 열외자'라고 한다는 기사를 봤다. 해병대는 철저히 기수를 따지고 기수가 해병대의 상징이라 할 만큼 강조되고 있는데, 기수를 열외 시킨다는 것은 말 그대로 그를 '해병대'로 인정하지 않는다'는 의미다. 최근 군부대에서 고문관으로 지목받은 병사가 같은 전우를 죽이는 총기 사건으로 이어지는 경우가 있어 안타깝다. 고문관님! 조금만 참으세요. 국방부 시계는 지금도 잘 가고 있다고 생각하세요. 사회에 나가선 어쩌면 반대가 될 수도 있답니다. 고문관도 즐거움을 주는 전우라고 생각하고 따뜻하게 보살핍시다.

유전자 검사

신포동에서 중국 무역업을 하는 친구 사무실에 갔더니 중국 시장을 개척하러 왔다는 서울 여자를 소개한다. 여자 집은 서울 강남인데 주안 산업 단지 내 남편이 운영하는 공장일을 돕기 위해 잠시 인천에 사는 여자다. 서울 여자가 어느 날인가 아침 운동차 집 근처에 있는 공원을 걷고 있는데 전혀 일면식도 없는 할머니가 "아니 언제 나왔어?" "할머니 저를 아세요? 누구세요?" "아이고 딴 여자인가 보네? 어쩜 우리 아래층 여자랑 똑 닮았네." "닮았요? 할머니 아래층 여자가 저랑 그렇게 닮았어요?" "어쩜 이렇게 닮았지."

서울 여자가 할머니에게 관심을 가질 수밖에 없는 사연이 있다. 서울 여자가 두 살 때 아버지가 언니를 데리고 나갔다가 잃어버렸다. 지금은 아버지와 어머니 두 분 다 돌아가셨는데, 서울 여자는 아버지가 살아생전에 잃어버린 딸과 찍은 사진을 보며 눈물 흘리는 걸 종종 봤다. 실종 아동 가족은 20년, 30년이 지나도 그 시간 속에 그대로 멈춰있다고 하며, 자식을 잃어버린 순간 행복이란 단어를 잊어버린다고 한다.

그래서 서울 여자는 혹여 아버지가 잃어버린 언니일 수도 있다는 생각에 할머니가 사는 아파트의 인천 여자를 만났다. 60대 초반의 인천 여자를 보는 순간 "어쩜 우리 어머니와 똑닮았어요." "초면에 이런 거 물어봐서 죄송한데 부모님이 친모세요?" "친모가 아닌데 왜 그런 걸 물어보세요?" 그래서 시작된 서울 여자의 50년 전에 잃어버린 언니 찾기가 시작되었다. 인천 여자가 기억하는 건 청와대가 가까웠고 자기를 태운 차

끝 번호가 25번이었다는 것이다. 그래서 차만 오면 이오, 이오 라고 말했다고 한다. 그리고 만두를 먹은 기억이 난단다. 다음 날 서울 여자는 인천 여자를 데리고 인천 여자의 기억과 비슷 한 청와대 근처에 가서 여기저기 다녔으나 너무 많이 변해서 기억에 남는 건물은 없다. 그나마 인천 여자가 기억하는 유명 한 만둣집이 하나 있었는데 오래전에 없어졌다. 그래서 인천 여자와 강남 자기 집으로 가서 진짜 아버지와 가짜 아버지 사 진을 보여 주고 누가 아버지 같냐고 물었더니 진짜 아버지를 짚으면서 이분이 아버지 같다고 했다. 다만 어머니 사진을 보 곤 가물가물하다며 기억이 안 난다고 했다. 두 번째 날은 서 울 여자가 인천 여자 양어머니를 만났는데 양어머니는 같은 아파트에 살고 있었고 양아버지는 3년 전 돌아가셨다. 양어머 니 말로는 예전에 서울에서 살았는데 양아버지가 시내에 볼일 이 있어 나갔다가 길에서 울고 있는 3세 정도의 인천 여자를 발견하곤 어디 사냐고 물었더니 일본말로 답하더란다. 다행스 러운 건 양아버지가 일본 강점기 때 일본말을 조금 배워서 애 를 달래며 두 시간을 기다려도, 친부모가 나타나지 않기에 할 수 없이 근처 파출소에 데려갔다. 며칠이 지난 후 양아버지는 애가 궁금해서 신고했던 파출소에 갔더니 순경이 "그날 친부 모가 안 오기에 일단 희망 보육원에 맡겼습니다." 양아버지는 순경이 알려준 희망 보육원에 갔더니 양아버지를 발견한 인천 여자가 소리 지르며 반긴다. 보육원 원장이 인천 여자가 며칠째 밥도 잘 안 먹고 울면서 양아버지를 찾았다고 한다. 양아버지가 보육원까지 안 가도 되지만 애와 몇 시간을 같이 있었다는 인연으로 애가 눈에 밟혀서 보육원에 갔다. 친부모가 아직 안 왔다는 말에 크게 실망한 양아버지는 사 온 과자를 인천 여자에게 주며 "조금만 기다리면 엄마가 오니 울지 말고 밥 잘 먹고 있어." 당시는 다들 경제적으로 어렵게 살던 시절이라 양아버지도 보육원 원장에게 "우리 집 형편도 어려워서 애를 데려가기가 어렵습니다. 친부모가 나타날 때까지 잘 부탁합니다." 그리고 나오는데 인천 여자가 양아버지의 다리를 붙잡곤 따라가겠다고 마구 울었다. 그래서 할 수 없이 인천 여자를 데리고 집에 왔지만, 양어머니는 우리 집 형편에 지금 있는 애들도 키우기 어려운데 왜 데리고 왔냐고 부부싸움을 많이 했다. 그러면서 인천 여자가 왔을 때의 옷을 지금까지 그대로 잘 보관하고 있다며 보여 준다. 보관된 옷을 보니 당시엔 국내에서 보기 어려운 수입 제품이다. 알 수 없는 건 서울 여자 아버지가 외국 유학 후 외교부 고위 관료라면 대한민국 전국 방방곡곡을 뒤져서라도 잃어버린 딸을 찾을 수 있었을 텐데…. 그렇다면 양아버지가 인천 여자를 유괴한 게 아닐까? 서울 여자가 지금까지의 양어머니가 한 말에 의심의 눈초리를 보이자, 양어머니는 동아, 조선 등 유력 신문에 미아 게재도 했다며 당시 신문에 게재한 미아 광고를 보여 주었다. 인천 여자도 과거를 잊고 양부모가 친부모인 줄 크다가 중학교 때 친부모가 아닌 줄 알았다. 자기 외모가 형제들이나 부모랑 전혀 닮은 데가 없어서 왜 닮지 않았냐고 하도 물어서 알려 주었다. 인천 여자가 한창 사춘기 때 친부모로 알고 있었던 부모가 양부모란 걸 알았을 때 받은 충격과 아픔은 매우 컸을 것이다. 양어머니는 집안이 어려워서 자기네 친자식 둘 다 대학을 못 보냈지만 인천 여자는 대학을 보냈다. 인천 여자가 공부를 잘해서 4년 내내 장학금 덕택으로 다닌 거지만. 양어머니는 미소를 띠며 "공부를 잘해서 딸 키우는 재미가 있었어요." 서울 여자가 "혹시 애 데려올 때 천주교 목걸이는 없었나요?" "저희 어머니가 잃어버린 언니랑 같이 찍은 사진이 있는데 언니 목에 천주교 목걸이가 있었어요." "목걸이는 없었어요." 목걸이야 항상 차고 다니다 인천 여자가 실종된 그날 깜빡 잊고 안 차고 나갈 수도 있으니 그건 큰 문제가 아니다. 서울 여자는 아버지가 외교관으로 일본에서 근무하고 있었을 때 일본 유치원을 다녔다. 그래서 어머니가 일본인 손님을 맞이할 때 서울 여자가 일본말로 통역을 해서 칭찬을 받았다. 그러고 보니 인천 여자가 미아 당시 일본 말을 했다는 사실을 보면 서울 여자의 친언니일 가능성이 점점 커지고 있다. 더욱이 서울 여자가 대학 병실에 있는 남편에게 인천 여자와의 그동안 진행 상황을 설명하면서 "인천 여자가 어렸을 때 일본말을 했다네요." "장인께서 일본 대사관에 근무한 적이 있었으니 그때 일본말을 배웠나?" 이젠 남은 건 신문이든 방송이든 서울 녀와 인천 녀의 '50년 만의 잃어버린 자매 극적 상봉' 정말이지 상상만 해도 기분 좋은 일이다. 인천 여자는 대학을 졸업 후 영어 선생이 되었고 같은 교사인 남편을 만나 결혼했다. 인천 여자는 결혼 후에도 오랜 시간 지속적으로 부모를 찾기 시작했다. 국내는 물론이고 일본, 미국, 유럽 등 한인회가 있는 곳이면 미아였을 때의 사진과 옷을 게재해서 찾았으나 연락은 없었다. 인천 여자가 영어 선생이 된 것도 부모가 살아 있다면 외국에 있을 거라는 생각에서 영어 선생이 되지 않았나 싶다. 또 하나는 선생으로 취업이 되는 달부터 매달 적금을 부었는데 어머니를 만나면 드리고 싶다고 5천만 원이나 모았다. 만약에 어머니가 돌아가셨으면 어머니 가족 중 누구라도 주고 싶단다. 인천 여자의 친부모 찾는 심정을 여기 입양된 한 여중 학생의 수기를 보면 조금이나마 이해할 수 있을 것이다.

안녕하세요!

저는 희정(가명)이라고 해요. 저를 기억하실는지 모르겠지만 한번 만나보고 싶었고, 확인해 보고 싶었어요. 나랑 많이 닮았는지 나이는 몇 살인지⋯. 그리고 이 말을 꼭 해 드리고 싶어요. 저를 낳아 주셔서 정말 감사드려요. 제가 제일 힘들었던 점은 날 낳아 주신 분이 살아 계신지 돌아가셨는지 생사 여부조차도 알 수가 없다는 게 가장 힘들고 혼란스러웠던 것 같아요. 그리고 절 낳으시고 키우지 못했다는 생각 때문에 자책감도 들었을 것 같지만, 전 지금 누구보다도 절 사랑해주시는 엄마, 아빠, 오빠들, 동생까지 있어서 아주 행복한 가정에서 잘 자라고 있으니깐 자책하지 마세요. 만약 만나게 된다면 미안해하지 않으셨으면 좋겠어요. 그리고 정말 예전부터 생각해 온 거지만 만약 연락이 닿거나 생각나신다면 꼭 한 번 만나 뵙고 싶어요.

서울 여자도 아버지가 잃어버린 언니를 만날 수 있다는 충격에 가슴이 뛰고 잠도 오지 않았지만 보다 확실하려면 유전자 검사에서 일치하여야 한다. 그런데 어제까지만 해도 유전자 검사를 하겠다던 인천 여자가 안 하겠다고 돌변했다. 그래서 서울 유명 병원에서 이동 유전자검사 차를 동원하여 인천 여자가 살고 있는 아파트 앞까지 갔지만 인천 여자는 끝내 나오지 않았다.

인천 여자의 유전자 검사 거부에 고민 중인 서울 여자는 마침 유학 간 딸 때문에 미국에 간 외사촌 언니랑 상의했더니 "내가 니 잃어버린 언니랑 아주 친했어. 어릴 적 같이 찍은 사진도 여러 장 가지고 있어." "그럼 그 사진만 가지고 오면 인천 여자 양부모가 신문에 게재한 미아 신고 사진과 일치하는지 보면 되겠네요." "그럼 사진이 아니라도 내가 보면 알 것 같아. 기억이 나는 게 걔가 얼굴이 조금 통통했는데 어느 날인가부터 갑자기 안 보이더라고." "그럼 그 사진만 비슷하면 인천 여자도 유전자 검사에 응하겠네요." 미국에 있던 외사촌 언니가 흥분해서 그 다음 날 급거 한국에 도착하자마자 오빠에게 "미숙(서울 여자)이가 인천에서 잃어버린 언니를 찾았다고 연락이 와서 한국에 왔어요." "미숙이 언니가 살아 있다고? 미숙이 언니가 죽은 지 언제인데 무슨 정신 나간 애기야?" "오빠!

개가 죽었어요?" "그럼, 교통사고로 죽었는데 살아나다니? 정신 차려." "아! 맞아 나도 깜빡했어. 내가 아주 어릴 때라 기억이 가물가물했네." "난 개가 죽어서 병원까지 갔다 왔어." "근데 미숙이는 아직도 얼뜨기냐? 지금까지 살아온 게 용하다 용해." 알고 보니 서울 여자가 언니가 교통사고로 죽은 걸 아버지가 데리고 나갔다가 잃어버린 거로 착각하고 벌어진 해프닝이었다. 한바탕의 해프닝이 아닌 현실로 되었으면 아주 좋았을걸.

사춘기의 연정

✎ 고등학교 시절 영하의 추위가 맹위를 떨치던 추운 날이다. 골목 어귀에서 덜덜 떨며 인천 여고생을 기다린 지 20분이 지났다. 지금쯤이면 여고생이 지나갈 시간인데 '오늘은 딴 길로 가나? 아냐 이 길이 그나마 학교로 가는 지름길인데.' 드디어 눈 빠지게 쳐다보던 골목 어귀에서 여고생이 나온다. 여고생이 보이자 심장이 쿵탁쿵탁 뛰고 정신이 아리해진다. 여고생은 내가 이 시간에 기다리고 있는 걸 아는 양 청색 가방을 양손으로 살포시 잡곤 얼굴을 숙이며 살그미 오고 있다. 어제 밤새 쓴 이 편지를 기필코 줘야 한다. 편지

내용이야 만나고 싶다는 연정의 글과 별 제과점으로 나오라는 내용이지만. 여고생이 코앞으로 왔는데도 마음만 급하지 손이 도통 움직이지 않는다. 가방에서 간신히 꺼낸 편지를 여고생에게 건네자 여고생은 관심 없다는 듯 힐끔 보곤 그냥 가 버린다. 멀어져 가는 여고생의 찰랑거리는 단발머리만 멀거니 쳐다보며 긴 한숨을 내쉰다. '아휴! 떨려라.' 다음 날 다시 용기를 내서 같은 장소에 같은 시간에 같은 편지를 여고생에게 주었더니 받지는 않고 "성당으로 와요." 성당에 갈 용기가 도저히 없어서 그걸로 끝이었다. 내가 대학생 때 우연히 그 여고생의 글을 본 건 인천 여고의 교지인 『클로바』에서였다.

여고생 글은 교정의 나뭇잎을 밟으면서 졸업 후에도 이 학교 교정을 그리워할 것이란 짧은 내용의 글인데 난 떨리는 마음으로 수십 번이나 읽었다. 해병대 시절 첫 휴가 나와서 이젠 대학생이 되었을 그 여고생 집 앞에서 서성거렸지만 얼굴 구경도 못 했다.

개코 친구는 일찍이 이혼해서 모든 게 자유로운 친구라 여자들이 줄을 서서 찾아온다. 내가 자주 다니던 단골 대폿집은 동인천역 앞에 위치한 두레박이다. 하루는 친구가 50대 중반의 누런 금테 안경을 멋지게 쓴 아줌마를 인사시킨다. "인사해라. 관악산 다람쥐야." 관악산을 다람쥐처럼 등산한다고 해서 붙여진 그녀와 인사를 하는데 인천 여고 출신이다. 게다가 그 예전 내가 짝사랑한 그 여고생과 동창이란다. "혹시 이정희(가명)란 여고생을 아세요?" "같은 반이었어요. 어떻게 걔를 알아요?" 갑자기 가슴이 울렁거린다. 예전의 고교 시절 추운 겨울날 성공 못 한 사랑의 연서가 아련히 떠오른다. 관악산 다람쥐라는 여자에게 고교 시절의 가슴앓이 연정을 얘기하고, 이정희 씨는 어떻게 지내냐고 물었다. 관악산 다람쥐가 이정희 씨를 얘기하는 그 짧은 몇 초 동안 심장의 떨림과 아픔을 느꼈다.

개코 친구가 가다 말고 핸드폰을 꺼내더니 문자를 보여 준다. '오늘도 당신을 기다려 봅니다. 언제고 들러 주세요.' 알고 보니 친구가 최근에 개업한 찻집 카페에 갔더니 카페 여주인이 깜짝 놀라며 반겼다. 그러더니 마치 구면인 양 환희에 찬 웃음을 지으며 친구 자리에 합석했다. 알고 보니 친구가 고등학교 2학년 때 교회에서 개최한 중·고교 문학 축제에 참여했었는데 카페 여주인이 친구를 봤다는 것이다. 당시 카페 여주인은 중학교 3학년이었는데 친구의 귀공자처럼 잘생긴 얼굴에 심장이 뛰고 그 날밤 잠을 못 이루었다. 문학 축제를 2일 정도 한 모양인데 카페 여주인은 축제 기간 내내 친구의 뒤만 따라다니면서 한마디 말도 못 걸고 연정의 가슴을 태웠다. 그런데 그 짝사랑했던 오빠가 45년 만에 제 발로 찾아왔으니 그 기쁨이야 오죽 컸으랴. 나도 덕분에 카페에 자주 가서 차도 마시고 대포 집에서도 같이 한잔했다. 카페 여주인은 그 후 친구에게 헌신적으로 봉사한 지가 벌써 6년이 넘는다. 정말이지 중학교 때 잠시 본 친구에게 저렇게 헌신하는 걸 보노라면 이해가 되지 않았다. 이혼남으로 황야의 방랑자처럼 살아온 친구를 카페 여주인은 지금도 잘 보살피고 있다. 친구는 "내가 돈도 밤일도 제대로 못 하는데 저렇게 헌신하는 이유를 모르겠어?" "야! 그게 사춘기의 연정이라 그런 거야."

80대 초반의 할아버지와 할머니의 늦 사랑이 화제다. 두 분은 20대 초반에 시골의 한동네 그것도 앞집과 뒷집에 살았다. 처녀와 총각으로 서로 좋아하다 어떤 계기로 헤어져서 각자가 결혼해서 살았다. 그리곤 몇 년 전 각자 배우자가 돌아가

자 다시 재회해서 살고 있다. 두 분 다 노인이라 예전의 곱디
고운 얼굴은 사라지고, 허리도 구부정하고 불안한 걸음걸이에
얼굴엔 검버섯이 잔뜩 끼었다. 세월의 훈장인 양 얼굴엔 주름
이 깊게 파이고 머리숱도 한 줌밖에 남지 않은 할머니를 보는
할아버지의 눈빛엔 사랑이 넘친다.

　병원에서 68세의 남편이 3살 아래인 65세 부인의 간호 장
면을 방송했다. 거의 식물인간인 부인은 대부분의 의사 전달
을 눈으로만 한다. 하루 24시간을 부인의 간호에만 매달린 남
편은 이렇게 살아온 시간이 10년이 넘었다. 그래도 부인을 보
는 남편 얼굴엔 항상 웃음과 안타까움이 묻어 나온다. 매 식
사 때면 죽을 떠서 먹이고 등창 날까 봐 온몸을 정성스럽게
닦아 주는데 고단함보다 행복의 미소를 짓는다. 우리 속담에
3년 병간호에 효자 없다고 하는데 10년 넘게 식물인간인 부인
을 간호하는 남편은 부인이 오늘도 무사히 넘겨 달라고 간절
히 기도한다. 알고 보니 남편이 고등학생 때 부인을 만났는데
그때 부인은 중학생이었다. 부인이 고등학교를 졸업하자마자
동거를 하고는 결혼하려고 하자 부인 부모님의 완강한 반대로
도망까지 가서 결혼했다. 남자는 부인의 손을 꼭 잡고는 눈물
을 글썽이며 "이런 상태라도 오래오래 살았으면 좋겠습니다."

박근혜 전 대통령을 탄핵까지 몰고 간 최순실 씨 딸의 경우를 보자. 무남독녀인 딸이 고등학생일 때 같은 고등학생을 만나 연애를 했다. 하나밖에 없는 소중한 딸이 대입 공부를 팽개치고 연애에 빠지니 최순실 씨도 실망을 넘어 분노했을 것이다. 막강한 권력과 많은 돈을 가진 최순실 씨가 온갖 수단과 방법을 가리지 않고 둘의 사이를 떼어 놓으려 하자 딸은 고교생 남자와 도망가서 애까지 낳았다. 이를 보더라도 사춘기의 연정은 하늘이 두 쪽 나도 갈라놓기가 쉽지 않은가 보다.

프랑스 대선에 당선된 에마뉘엘 마크롱의 24세 연상 아내인 브리지트 트로뉴 여사의 뉴스가 나오고 있다. "브리지트 만세! 브리지트 만세!" 마크롱 후보가 24세 연상의 아내와 함께 무대에 모습을 나타내자 지지자들은 트로뉴에 더 큰 환호를 보냈다. 마크롱 당선자도 "아내가 없었다면 지금의 나도 없었을 것."이라고 했다.

* 출처: 연합뉴스

트로뉴는 대학에서 문학을 전공한 후 고향으로 돌아와 고등학교 교사가 됐다. 당시 40세인 트로뉴는 문학 교사로 재직 중이었고 마크롱은 이 학교 16세인 2학년 학생이었다. 두 사람은 트로뉴가 운영하던 연극 동아리에서 처음 만났다. 마크롱은 자신의 저서 '혁명'에서 우리는 서로의 지적인 매력에 압도됐고 점차 사랑하는 사이로 발전했다고 고백했다. 트로뉴는 당시 은행원과 결혼해 자녀 셋을 두고 있었다. 마크롱은 이들의 관계를 반대했던 부모의 설득 끝에 고등학교 3학년이 되던 해에 파리로 전학을 갔다. 마크롱은 명문고를 거쳐 국립 행정 학교를 우수한 성적으로 졸업했다. 마크롱은 트로뉴와 떨어져 지내야 했던 이 시기를 가장 우울했던 시기로 기억된다고 했다. 트로뉴는 2006년 53세 때 남편과 이혼하고 이듬해인 2007년 29세인 마크롱과 결혼했다. 총각과 유부녀가 무려 24세의 나이 차를 극복하고 결혼했으니 영화에도 나오기 힘든 사건이다. 「김선엽 기자, newspim」

영국 웨스트 미들랜드에 사는 89세 동갑내기인 조지 커핀과 아이린 래닝은 75년 전인 1942년 이웃 주민이자 같은 학교 친구로 처음 알게 됐다. 당시 14세였던 두 사람은 3년간 풋풋한 연애를 즐겼지만, 성인이 된 뒤 각자 다른 사람을 만나 결혼했다. 래닝은 두 번의 결혼을 했지만 배우자가 모두 사망했고, 커핀은 65년간 아내와 함께 살다 아내가 먼저 세상을 떠났다. 혼자 남아 적적한 시간을 보내던 두 사람은 우연한 기회에 재회했다. 지난해 두 사람을 모두 알고 지내던 한 친구가 세상을 떠났고, 커핀과 래닝은 그의 장례식장에 들렀다가 몇십 년 만에 얼굴을 마주하게 됐다. 그리고 서로의 안부를 주고받다 결국 사랑에 빠졌다. 90세를 앞둔 나이에도 서로에 대한 감정에 충실하기로 한 두 사람은 약 6개월의 연애 기간을 거쳐 이달 말 결혼을 앞두고 있다. 커핀은 "친한 친구의 장례식장에서 그녀를 다시 만났고, 이틀 뒤 내가 먼저 전화를 걸었다. 우리는 함께 만나 차를 마셨고 얼마 후 그녀에게 청혼했다."고 당시를 회상했다. 이에 래닝은 "머리가 하얗게 셌지만, 여전히 그는 멋있었고 미소가 아름다웠으며 유머 감각이 있었다." 라면서 처음 그가 내가 전화했을 때 누구세요? 물었더니 "당신의 오래전 남자친구."라고 답해서 놀란 마음을 감추지 못했다고 덧붙였다. 두 사람은 남은 시간 함께 보내는 것이 혼자 지내는 것보다 더욱 행복할 것이라고 믿는다며 90세의 나이에 함께 하기로 한 결정을 응원해 주는 많은 지인과 가족에게 감사의 뜻을 표했다. 「송혜민 기자, 서울신문」

80대 할머니의 최대 소망은 50대 노총각 아들의 결혼이다. 아들이 20대 시절 결혼하겠다는 여자를 집으로 데려왔다. 그 여자는 아들이 중학교 때 좋아했던 여고생인데 성인이 되자 결혼하겠다고 부모에게 인사시켰다. 할머니는 여자의 나이가 아들보다 많은 데다, 인물이나 학벌이나 집안이나 모든 면에서 아들보다 많이 처지자 결사적으로 반대했다. 아들은 할머니에게 결혼 승낙을 간절히 원했지만, 할머니의 완고한 반대에 결혼을 포기했다. 아들은 그 후론 결혼할 생각이 전혀 없는지 지금까지 독신으로 살고 있다.

우리 나이에 까까머리의 중·고교 시절 짝사랑이든, 날라리 사랑이든, 진정한 사랑이든 그러한 사랑을 소유한 사람은 행복한 추억이다. 그 풋풋한 감정을 죽을 때까지 가지고 살 수 있으니깐. 더욱이 사춘기 시절 좋아했던 사람과 결혼했다면 행운의 부부다. 그러나 반대의 경우라면 그건 너무나도 불행한 일이다.

아롱이 친구

    ✍ 몇 번의 전화에도 응답이 없던 친구가 한 달 만에 전화를 받았다. "아롱아, 뭔 일이 있냐?" "나 이혼했어." "이혼이라고? 60 넘은 나이에 뭔 이혼이냐?" "아무리 네가 잘못한 게 많아도 그렇지 이혼까지 하냐고?" 그리고 주변 소음 때문에 더 듣지도 못하고 끊겼다. 평생을 일하기보다 놀기 좋아하고 바람에 몰두하던 친구다. 한 번은 어떤 남자가 집까지 찾아와서 아롱이 부인을 만났다. 남편 간수 똑바로 하라고 닦달 치던 그 남자에게 아롱이 부인은 눈물 흘리면서 나도 당신과 똑같은 피해자라고 하소연했다. 남자는 부인으로부

터 아롱이의 살아온 내력을 다 듣고 나서 위로의 말을 했다. "남편 간수 잘하고 열심히 사세요." 아롱이 바람에 질린 부인이 지금이라도 당장 이혼하고 싶어도 애들 결혼식까지 유보한 친구다. 애들도 아직 결혼을 안 했는데 이혼했다니? 며칠 후 아롱이 상황이 궁금해서 다시 전화했다. "아롱아, 너 정말 이혼했냐?" "이혼이 아니고 입원했다고." 내가 소음 때문에 입원을 이혼으로 잘못 들었던 것이다. 아롱이는 얼마 전 몸이 몹시 가렵고 소변 색깔도 검은색으로 나왔다. 동네 병원에서 진찰을 받았는데 의사가 심각한 얼굴로 빨리 큰 병원에 가 보란다. 벌써 2년째 암 투병 중인 아롱이는 중·고등학교 동창 친구로 지금까지도 붙어 다니던 친구다. 죽기 두 달 전 휴대폰으로 "홍수야! 사랑한다." "그래 아롱아! 우리 열심히 잘 놀았잖아." 아롱이가 죽는다고 생각하니 눈물이 난다. 대입 재수 시절 비만 오면 비를 맞으면서 신포동 거리를 다녔다. 음악 레코드 상점에서 'This Little Bird' 팝송이 흘러나오자 유난히 팝송을 좋아한 아롱이가 따라 부른다. 우린 노래가 끝날 때까지 비를 맞으며 들었다.

there's a little bird that somebody sends
down to the earth to live on the wind.
borne on the wind and he sleeps on the wind
this little bird that somebody sends

아롱아! 우리 만남을 감사하고 항상 밝은 웃음으로 대해준
네가 고마웠다. 우린 즐거울 때나 아플 때나 슬플 때나 늘 같
이 있었지. 누구나 가야 할 길이지만 더 만나야 할 시간을 하
나님이 허락하지 않는 게 마음이 아프구나. 네가 하늘나라로
가기 전에 널 봐야지 하면서도 네 부인도 암 투병 중이니 갈
수가 없네. 그래도 끝까지 마음 굳게 먹고 잘 먹어야 한다. 아
롱아 너도 아픈데 부인까지 아프니 이 일을 어쩌냐? 죽기 한
달 전엔 마지막 전화일 것 같다며 "내가 가장 미안한 사람이
집사람이야. 정말 죽기가 미안해." 아롱이가 한평생 바람으로

부인을 아프게 한 죄책감이 아주 크나 보다. 내가 집사람에게 "여보, 아롱이 친구가 집사람이 제일 미안하다고 하네." "죽을 때가 되었나 보네." 남편이란 죽을 때가 돼서야 집사람에게 미안함을 느끼나? 아주 기분 나쁜 집사람의 대답이다. 저녁 늦은 시간에 모르는 전화번호가 울린다. "숨을 안 쉬고 있어요." "누구세요?" "흑! 흑!" 내가 재차 누구시냐고 물었지만, 전화기에선 울음 소리만 흘러나온다. 한동안의 침묵이 흐른 다음에야 "아롱 씨가 죽었어요." 영안실에서 아롱이 입관 때 아주 야윈 아롱이 얼굴을 마지막으로 봤다. 아롱이가 하늘나라에 간 후 암 투병 중이던 부인도 두 달 후에 돌아가셨다. 아롱이가 하늘나라에 간지도 벌써 6년이 넘었다. 이젠 네가 잘 불렀던 'This Little Bird'는 들을 수가 없구나. 아롱아! 네 딸이 결혼한다며 아빠의 유일한 친구라고 연락이 와서 갔다 왔다. 지금도 아롱이와 부인이 두 달 사이로 하늘나라로 간 걸 생각하면 마음이 아프다. 코리 테일러가 '인간은 죽음으로부터 불과 1mm 떨어져 있다. 단지 알지 못할 뿐'이라고 말했듯이 우리의 삶은 내일을 알 수가 없다. 그래서 살아 있는 오늘 하루가 가장 성스러운 날이다.

09

결혼 여정

일본을 가깝고도 먼 나라라고 칭하듯이 나와 이 친구 사이에 딱 맞는 말이다. 오랜만에 온 친구의 전화라 "웬일이냐? 너 본 지도 거의 2년이 다 돼 가는 것 같은데." "할 말이 있어서 그러니 좀 보자." 친구는 만나자마자 병원부터 가자면서 그동안의 지낸 얘기를 한다. 2년 전 부인이 배가 아프다기에 동네 병원에서 진단을 받았는데 의사가 아무 이상이 없다고 했다. 몇 개월 후 집사람이 다시 배가 너무 아프다고 해서 서울 유명 종합 병원에 가서 정밀 진단을 받았더니 췌장암 말기라면서 오래 살아야 1년이라는 진단을 받았다. 그 후 1년 동안 암 투병을 했지만 이번 주에 임종할 것 같다며 친구의 얼굴에 수심이 가득하다. 친구 부인의 임종이 가까웠다는 말에 깜짝 놀랐다. 내가 친구 부인을 본 건 친구가 결혼 후 딱 한 번 집으로 초대했을 때 미소 띤 얼굴을 기억할 정도다. 호스피스 병동 앞에서 친구는 "이왕 왔으니 집사람 좀 한번 보렴." "오늘 내일이라면 나를 봐도 알아보지 못할 텐데…." 병동 앞에서 이러지도 저러지도 못하는데 마침 병동 문이 열리면서 처제라는 여자가 인사를 한다. "지금 언니를 보긴 어려워요. 그냥 언니의 예전 모습으로 기억해 주셨으면 합니다." 병동을 나온 후 친구는 땅이 꺼질 듯이 한숨을 쉬며 집사람과의 결혼 여정을 말한다. 결혼하고 나서 얼마 후 장모가 친구를 조용히 부르더니 "김서방! 내 딸애와 이혼하면 안 되겠나?" "장모님 이혼이라니요?" "내 딸애와 지금이라도 이혼하고 서로가 갈 길을 가야 서로가 행복하네. 서로가 안 맞는 길을 같이 가면 서로가 불행해지는 거야." "장모님! 우리 집안은 교육자 집안이라 이혼은 절대 안 됩니다." 그 후에도 부인은 친구에게 지속적으로 이혼을 요구하는 와중에 아들을 낳았다. 부인은 아들을 낳자마자 부부 관계를 거부한 후 이혼을 요구하면서 긴긴 세월 아들만을 의지하며 정성 들여 키웠다. 부인의 기대에 맞게 아들은 대기업에 취업했다고 하니 그나마 위안이 되었을 것이다. 부인이 임종이 가까워지자 마지막 고해성사엔 친정어머니와 아들만이 있었는데, 친구가 참석하지 못한 건 장모가 보기만 하면 가만두지 않겠다고 해서다. 딸의 아프게 살아오는 과정을 지켜본 어머니는 딸의 이른 죽음이 이혼을 안 해준 사위 때문이라고 굳게 믿기 때문이다. 친구가 빠진 가족만이 모여서 신부님께 임종 고해성사를 하는데 "신부님! 저는 다 용서해도 남편은 용서 못 합니다." 후일담이지만 친구는 부인과 단둘이 있을 때 죄책감으로 용서의 눈물을 흘렸지만, 부인은 받아들이지 않았다고 한다.

이 친구는 같은 중·고교를 졸업한 친구다. 군대도 육군 현역으로 논산 훈련소에 입영했다가 나와서 방위로 제대했다. 방위 제대 후 인천의 유명한 항만 하역 회사에 취업했다. 그 회사는 친구 아버지가 국회의원을 3선이나 했던 분과 공동 창업자로 아버지는 일본 명문 대학인 와세다 대학을 졸업한 엘리트다. 친구는 무슨 모임에서 우연히 만난 여자와 스쳐 가는 바람으로 연애를 했다. 얼마 후 여자가 배가 불러서 친구 아버지를 찾아와선 당신 아들이 날 이렇게 만들었으니 책임지시요다. 이에 놀란 아버지가 그 여자와 결혼하기 싫다는 친구를 부랴부랴 강제로 결혼을 시켰다. 심지어 친구는 결혼하기 전한 달 내내 도망가지 못하도록 형의 철저한 감시 속에 살았다. 친구는 전혀 마음에도 없는 여자와 결혼을 해서 그런지 밖으로의 방황을 계속하다 애들이 유치원 다닐 때, 양육권 포기와 몸만 나가는 조건으로 결국엔 이혼했다.

50대 초반의 여자는 20대에 결혼해서 딸 2명을 낳았고 남편은 전문 용접공이다. 용접공이란 게 고도의 기술을 요하는 거라 돈벌이도 꽤 좋았다. 또 그녀도 공장에 취업해서 그런 데로 여유가 있었다는데 남편이 도박 중독자다. 남편이 하루가 멀다고 도박을 하고 새벽녘에 게슴츠레한 눈으로 집에 와서는 잠깐 눈을 붙이고 회사에 갔다. 일반 기술자였으면 회사에서 벌써 쫓겨났을 텐데 워낙 전문 기술자라 근근이 다녔다. 남편은 도박하는 동안 이번 빚만 갚아 주면 앞으로 절대 도박을 하지 않겠다고 몇 번이나 맹세했지만 결국엔 끊지 못했다. 10년이 흐르자 살고 있던 집도 날아가고 거액의 빚만 남아서 남편에게 우리 가족이 살길은 이혼뿐이라고 설득해서 간신히 이혼했다. 남편도 가족과 같이 살되 법적으로만 이혼하는 줄 알고 순순히 동의하였다는데 이혼 수속이 끝나자마자 뒤도 돌아보지 않고 두 딸을 데리고 도망갔다.

50대 중반의 여자는 대학도 나오고 인물도 상당히 미인이다. 원래 인천서 살다가 아들이 서울에 있는 회사에 취업하는 바람에 지금은 서울서 아들과 같이 살고 있다. 남편은 유명대학 영문과를 나와 중국 가서 유통 사업을 했다. 남편은 중국의 법적 문제로 사업자 대표를 중국 여자로 했는데 그 중국여자와 딸 낳은 걸 뒤늦게 알고는 이혼했다. 그녀는 40대부터 재혼하려고 몇 번 선을 봤는데 돈이 있으면 외모가 맘에 안들고, 외모가 맘에 들면 돈이 없고 그러다 보니 시간만 갔다. 최근에 이혼한 남편이 한국에 올 테니 다시 결합하자고 했지만 전혀 그럴 마음이 없다.

60대 중반의 여자는 결혼 후 딸 둘을 낳았는데 문제는 알코올 중독의 남편이다. 남편은 알코올 중독으로 다니던 회사에서 쫓겨난 후 집에 틀어박혀서 몇 년간 술만 마셨다. 어느 날 남편이 술에 취한 채 잠들었는데 담뱃불을 끄지 않아 화재로 죽었다. 어린 딸을 등에 업고서 할 수 있는 일이 목욕탕 때밀이여서 열심히 때를 밀었고 거기서 모은 돈으로 음식점을 차리고 다시 노래방을 운영했다. 지금은 두 딸도 좋은 데로 출가시키고 강원도 영월에다 펜션 사업을 운영하며 독신으로 잘살고 있다.

이 친구의 이상형 여자는 눈이 크고 쌍까풀에 마른형인데 몇 번의 선을 본 끝에 드디어 꿈에 그리던 이상형을 만났다. 그런데 안타깝게도 여자가 한번 만남에 "NO."라고 한 것이다. 모처럼 만난 이상형 여자의 NO에 몸이 단 친구는 중매쟁이에게 딱 한 번만 더 만나게 해 달라고 사정사정해서 겨우 만났다. 친구는 여자와 저녁을 먹고 나서 술 한잔하는데 1차, 2차를 하다 보니 11시가 넘었다. 아마도 친구가 의도적으로 시간을 끈 게 분명하다. 여자가 너무 늦었다며 택시를 잡았는데 이 친구가 택시 앞에 떡 버티니 갈 수가 없다. 여자가 다른 택시를 잡으면 또 그 택시 앞에 서서 못 가게 하니 결국에는 12

시 통행금지(1970년대)에 걸려서 여관에 갈 수밖에 없다. 여관에서 각자 방을 쓰곤 아침에 같이 여관을 나왔다. 친구의 행동에 질색하며 도망가는 여자에게 보인 건 숙박계에 적은 인적 사항이다. 당시에는 여관에 투숙하려면 숙박계에 자필로 이름, 주소를 꼭 적어야 했는데 이 친구가 숙박계에서 둘의 이름이 적은 페이지를 여관 주인 몰래 찢어서 가지고 온 것이다. 숙박계란에 나란히 자필로 '이해숙(가명), 28세, 서울시 종로구 종로동', '김재돌(가명), 30세, 부천시 원미동' 친구의 간절한 결혼 압력에 여자는 친구의 결혼 신청을 받아들였다. 친구는 결혼 후 건설 회사를 몇 년 다니다 중동 사우디까지 갔다 왔는데, 지금은 온 가족이 대형 음식점을 2개나 차려서 경제적으로 잘살고 있다.

경제력이 약했던 남자는 애들을 여자가 맡는 조건으로 이혼 서류를 들고 법원에 가려고 할 때 애들이 울면서 "아빠가 집 나가면 나도 집 나갈 거야." 세상 자식 이기는 부모 없다고 남자는 이혼 서류철을 던지곤 애들을 안고 한참이나 울었다. "너희가 크면 아빠는 엄마와 헤어질 테니 그땐 아빠를 놔 주어야 한다." 그리고 딱 12년을 한 지붕 두 가족처럼 살고는 이혼 후 재혼해서 잘 살고 있다. 애들도 잘 커서 딸은 결혼해서 출가했고 아들은 취업 준비로 독립해 살고 있다. 지금도 애들은 이혼하지 않고 성인이 될 때까지 기다려 준 아버지에게 고마움을 가지고 있다.

체구는 작지만 몸은 차돌처럼 딴딴하다 해서 별명이 알밤이란 친구가 당시 병으로는 좀처럼 들어가기 힘든 공수 특전사를 갔다. 아마도 고등학교 때 육상 선수라 운동에 자신이 있었는지 논산 훈련소에서 지원한 모양이다. 이 친구 대한민국 최정예인 특전사에 갔으면 그냥 잘 지낼 것이지 무슨 사건으로 동료 전우의 허벅지를 톱으로 찍는 바람에 육군으로 전출되었다. 전출된 곳에선 제대할 때까지 취사병으로 있었고 군 제대 후 작은 음식점을 차렸다. 얼마 후 음식점을 접고 구로동의 스타킹 만드는 남영 회사의 취사원으로 취직했다. 입사 후 얼마 있다 결혼을 하곤 부평에다 신혼집을 차렸다. 부인은 친구가 회사 출근 땐 항상 부평역까지 배웅했는데 어느 날부터는 걷는 걸 몹시 힘들어했다. 나중엔 걷질 못하자 병원에 갔더니 임파선암 말기라고 진단받았다. 부인은 병원을 다니다 점점 악화하자 당시 말기암 환자들이 모여서 기도하고 있는 용산역 기도원에서 기거했다. 내가 문병 갈 때마다 얼굴이 많이 좋아졌다고 하면 잔잔한 미소를 띤다. 그리고 얼마 안 돼서 하늘나라로 갔는데 눈감을 때 친구 이름을 몇 번이나 부르며 먼저 가서 미안하다고 했다. 부인은 화장했는데 유골을 절구로 빻으며 울부짖던 친구의 모습이 지금도 선하다. 알밤 친구는 한동안 슬픔에 겨워 몇 년간 매일 술에 절어 살다가 다시 좋은 여자를 만나 지금은 두 딸의 아빠가 되어 음식점을 하며 살고 있다.

한 쌍의 처녀와 총각이 열렬한 사랑 끝에 결혼하기로 하고 결혼 준비로 혼수점에 가서 결혼식에 입을 여자 옷을 고르고 있다. 여자가 화려한 색깔 옷을 고르자 남자는 그런 옷보다 수수한 색깔 옷을 고집하다 싸움만 커지고 만다. 제주도로 신혼여행을 가서 여자는 기념품으로 제주도 토산품을 사려 하자 남자는 그런 거는 집안에 어울리지 않는다고 반대하자 또 싸움이 커진다. 그러한 성격 차이가 신혼 내내 지속되자 여자는 이혼을 생각하지만, 이혼이란 새로운 세계 때문에 고민하다 결국은 이혼한다. 몇 년 후 이혼이란 닉네임도 상관없이 있는 그대로를 좋아한다는 남자를 만나 행복하게 살고 있다.

결혼 생활을 시작하자 즉흥적인 아내와 계획적인 남편 사이에 빈틈이 생기기 시작했다. 부부 갈등이 날로 심각해졌다.

아내와 남편은 안 맞아도 너무 안 맞아서 사사건건 틀어졌다. 치약을 쓰는 것까지 달랐다. 아내는 아무 데나 주물러 놓는다. 치약이 한 번도 제대로 놓인 일이 없다. 뚜껑은 열려 있고 치약은 침을 흘리듯이 나뒹군다. 남편은 꾹 참다가 결국엔 한마디를 내뱉었다. "당신 맨날 왜 이래?" 아내는 억울해하며 한마디 내뱉었다. "당신은 항상 사람을 그런 식으로 봐." 남편은 또 화가 났다. "뭐? 항상? 어쩌다가 화를 낸 고상한 나를 항상이라고?" 또 버럭 성질을 냈다. 그러면 아내는 "사람이 치약 하나 가지고 쪼잔하게…." 집안은 늘 전쟁터였다. 여전히 화장품의 뚜껑은 열려 있고 옷은 나뒹굴고 아내는 정리하는 걸 자주 잊어버렸다. 남편은 아내의 습관을 고쳐야 한다고 생각하곤 더욱 잔인해졌다. 아내는 더는 못 살겠다고 이혼을 요구했다.

집사람과 작은아들이 사귀고 있는 여자 얘기를 했다. 작은애를 보면 이러지도 저러지도 못하고 시간만 가고 있으니 마음고생만 쌓이고 있다. 그러면서 집사람이 나도 잘 아는 작은아들과 절친한 친구의 결혼 얘기를 한다. 항상 나를 보면 인사 잘하고 수줍어하던 아들 친구가 얼마 전 결혼을 했는데 애가 하나 있는 여자와 했단다. 아들 친구는 대학에서 안전 분야를

공부하고 군대도 잘 갔다 오고 대학을 졸업하곤 지방의 중소
기업에 착실히 다니고 있다는 말만 들었다. 애가 하나 있는 여
자와 결혼을 하다니? 이젠 우리 세대의 결혼 관념이 요즘 세대
의 결혼 관념과는 통하지 않는 시대가 왔나 보다. 조건이 아주
어울리지 않아도 자식이 결혼해서 행복할 수 있다고 고집 피운
다면 동의해야 하나?

친구와 한잔하다 보니 12시가 넘어서 택시를 탔는데, 운전
한 지 5년이 좀 넘었다는 70대 초반의 노인 운전사다. 노인은
그 흔한 혈압약, 당뇨약, 전립선약도 먹지 않는 건강 체질이다.
술은 하고 싶어도 체질적으로 맞지 않아 전혀 못 하고, 담배
는 하루 한 갑씩 피우다가 의사 권고로 1년 전 끊었다. 노인은
술을 꼭 먹고 싶다고 해서 "술 안 먹는 게 건강에 좋지요. 억
지로 먹을 필요까지 없지요." "마누라가 술고래라 마누라와 마
주 앉아 주거니 받거니 하는 게 소원이요." "그래요? 사모님이
술고래라면 술주정도 만만치 않을 텐데요." "당연히 술주정하
지요. 마누라 술주정을 받아줄 사람은 나밖에 없는데 내가 받
아 주는 게 당연하지요." 지금까지 회사원으로 정년이 될 때까
지 정직하게 성실하게 일했다며 일도 원칙대로 해서 하도급 회
사가 엄청 힘들었을 것이라고 한다. 월급 받는 날이면 세상없

이 집에 일찍 가서 부인과 회식을 했다며 월급에서 1원 한 장임의로 쓰지 않았다. 현재 살고 있는 집도 통장도 몽땅 부인 이름으로 올렸다며 현재의 생활이 행복하다고 한다. 부인은 항상 집안을 깨끗하게 함은 물론이고 반찬도 정갈하게 만들고, 옷도 색깔이나 디자인을 고려해서 좋은 옷을 사 온다며 미소진다. 그래서 그런지 아저씨 옷이 아주 세련되어 보인다. 자식으로 딸과 아들이 있는데 둘 다 결혼해서 손주도 있다. "이젠 일 고만하시고 손주 보는 재미로 살아야 하지 않겠어요?" "난 애들도 손주도 오는 게 싫지요." "그래요? 노년에는 다들 손주 보는 재미로 산다는데…." "마누라가 손주들과 몇 시간이나 노는 게 싫어서요. 그래서 자식들에게 1년 중 명절날만 오게 엄명을 내렸지요. 그래야 내가 마누라랑 놀지요." 노인은 세상에서 자기 마누라가 제일 좋다며 남은 시간 마누라랑 건강하게 살다 같은 날 같이 죽는 게 소원이라며 웃는다.

요새 결혼하는 4쌍 중에 1쌍이 이혼하고 황혼 이혼이 6.6배, 황혼 결혼이 3.3배나 증가했다는 통계가 있다. 많은 사람들이 인생의 성공을 돈, 명예, 권력에서 찾지만 인생에서 진정 성공하려면 자기 수준과 성격이 맞는 배우자를 만나야 한다. 그러려면 열심히 만나서 상대방의 성격, 습관, 건강, 교우,

시부모, 경제적 생활 수준 등 제반 환경을 잘 알아야 한다. 특히 성격만 잘 어울린다면 나머지는 좀 부족해도 조금 불편할 뿐이지 사는 건 평화롭게 살 수 있다. 물론 성격에는 음식 만들기와 집안 정리도 포함되는데, 음식 만들기와 집안 정리의 무관심으로 이혼하는 부부도 있기 때문이다. 지난번 모 잡지에서 조사한 자료를 보면 남녀 관계에서 남성은 미모를 첫 순위를 꼽는 대신 여자는 성격을 꼽았다. 이걸 보면 여자가 남자보다 훨씬 지혜로운 거다. '낭만적이고 영원한 사랑은 소설에만 존재한다. 최적의 배우자는 모든 취향을 공유하는 사람이 아니다. 의견 충돌과 차이를 조율할 줄 아는 사람이다.'라는 알랭 드 보통 작가의 말이다.

어떻게 보면 아무리 좋은 배우자를 만나고 싶어도 결혼할 사람은 하늘의 인연으로 운명적으로 만나는 것 같다. 천주교는 혼인 서약을 할 때 신부님이 "결혼은 하나님이 정해 주시는 거라 인간이 함부로 헤어지지 못합니다." 정말이지 하늘이 정해준 배우자를 운명적으로 만나서 아들이든 딸이든 잘 낳아서 하루 밥 세 끼는 먹으며 평화롭게 산다면 그게 가장 행복한 결혼이다.

강군의 조건

제2차 세계대전은 엄밀히 보면 히틀러가 일으킨 전쟁이다. 전후 초강대국으로 성장한 미국과 소련의 질서 속에서 우리는 미국을 우방으로 한 특수성으로 독일을 패퇴시킨 주역을 미국으로 알고 있는 사람이 많다. 그러나 객관적인 관점에서 평가한다면 히틀러를 결정적으로 패퇴시킨 것은 스탈린이 이끈 소련군이다. 1939년 8월 23일 히틀러와 스탈린은 손을 잡았다. 이른바 독·소 불가침 조약을 맺음으로써 양국의 이익을 극대화하는 방향으로 유럽의 세력권을 재편성하기로 한 것이다. 독일군은 폴란드를 소련과 분할 점령

후 노르웨이, 덴마크, 벨기에, 네덜란드를 점령하더니 프랑스마저 단숨에 점령했다. 그리고 1941년 6월 22일 새벽 4시 '바르바로사' 작전명으로 소련을 침공함으로써 무려 3,000만 명에 육박하는 사망자를 낳은 처절한 전쟁이 시작된 것이다.

전쟁 초반은 비행기와 탱크의 압도적인 화력을 앞세운 독일의 300만 정예 부대 앞에 소련군은 모스크바 코앞까지 밀렸으며, 소련군의 대부분 항공기와 탱크가 파괴되었다. 독일군의 파상적인 공격에도 소련은 모스크바와 레닌그라드를 방어하였다. 이어서 소련군의 대대적인 역공으로 독일군은 패퇴하기 시작했다. 1945년 5월 2일 마침내 소련군은 베를린을 점령하고 브란데부르크 문에 적기(赤旗)를 내걸었다. 나치 독일에 대한 소련의 승리는 엄청난 희생을 수반하였다. 이제까지 공식적인 발표를 보면 군인과 민간을 합해 약 2,700만 명의 소비에트 (소련) 시민이 사망하였으며, 그중 군인의 수는 870만 명에 이르렀다. 소련은 전쟁에 승리하였지만, 패전국 나치 독일의 군인 사망자인 174만 명의 5배나 더 많은 사망자를 남기면서 참전국 중 최대의 피해를 입었다. 독·소 전쟁에서 독일군 사망자는 174만 명인데 반해서 소련군 사망자는 870만 명으로 5배나 더 전사했다. 비록 독일군이 패했지만, 소련군을 1대 5라는 놀라운 전과를 올린 밑바닥에는 사명감으로 용감히 싸운 병들이 있었기 때문이다. 물론 독일군 장군들의 뛰어난 전략과 우세한 화력이 선행되었지만. 여기 스탈린그라드 전투에서 싸운 독일군을 보자.

독일군 보병들이 소련군 연대 사이에 위치한 볼가강 정유 탱크를 향해 들어가는 작전을 개시했다. 선봉에 섰던 제1대대는 전부 전사하고 병력이 15명으로 줄어들었다. 연대 지휘 초소를 지키던 보병 중에는 단 한 명만이 살아남았다. 그는 오른손이 완전히 짓뭉개져 더 이상 사격을 할 수가 없었다. 그는 벙커로 내려가 모자에 수류탄을 가득 담았다. 왼손으로 던질 수 있다는 것이었다. 바로 부근에서 싸우던 다른 연대 소

속의 한 소대는 네 명밖에 남지 않았고 그나마 탄약마저 동이 난 상태였다. 그들은 부상병 한 사람을 후방으로 보내어 다음과 같은 메시지를 전달하게 했다. "우리 진지에 포격을 개시하라. 우리 앞에는 대규모의 파시스트(소련군) 병사들이 몰려있다. 우리는 절대 물러서지 않는다. 잘 있거라, 전우들이여." 『여기 들어오는 자 모든 희망을 버려라』(지은이 안토니 비버, 옮긴이 안종설, 서해문집)

독일군의 강군은 어디에서 온 것일까? 2차 대전에 참여한 한 병사의 자서전인 『폭풍 속의 씨앗』 저자인 헤르베르트 브루네거는 15세 때 전쟁 전인 1938년 4월 독일군 병으로 징집되었다. 저자는 서부 전선을 거쳐 동부 전선인 소련에서 싸우다 고향으로 탈출한 수기이다. 수기의 주인공인 브루네거가 용감히 싸우게 된 동기를 보면 다음과 같은 요인이라고 생각된다.

첫째는 대독일 제국군의 긍지이다. 주인공이 소속된 SS 토텐코프 부대는 해골 마크가 상징이자 히틀러의 친위대이다. 입대 검사 과정부터 엄격한 판정 기준을 적용하여 선발됨으로써 대단한 긍지를 가지고 있다. 또한 이 부대의 정신적 계율은 전우애, 희생 정신, 정정당당한 전투다.

둘째는 3개월의 혹독한 기초 훈련이다. 매일 05시에 기상해서 22시까지 기상, 청소, 훈련, 총기 소제 및 빨래, 바느질, 소양 교육(병기 조작법, 신체 위생 관리 및 건강 관리, 국가 사회주의 교육), 청소, 당직 사관 검열이다. 훈련에는 10Km 달리기, 전투 사격, 30Km와 60Km 행군 외에 위생 관리, 부대 정문에서 여자 방문객 대하는 태도까지 훈련에 포함되어 있다.

셋째는 기관총 교육이다. 신병 때부터 기관총 적성에 맞는 병을 발굴해서 집중적으로 기관총 사격 교육을 시킨다는 점이다. 기관총을 쏠 때는 총알 한 발 한 발의 정확성보다는 목표물을 향해 연속적으로 집중시킬 수 있는 능력이 중요하다. 눈을 감고도 빠른 속도로 총열과 약실, 탄창을 교환하고 어떤 위치에서도 목표물을 향해 연사할 수 있어야 한다.

넷째는 영양가 있는 식단이다. 1941년의 독일군 병의 식단을 보면 수프, 브랜디, 초콜릿, 돼지고기, 통조림, 빵 등이다. 물론 전쟁이 장기전에 돌입함에 따라 독일군의 전반적인 보급 지원이 현저히 떨어져서 후반전엔 굶주림의 연속이었지만.

다섯째는 전우애다. 예를 들면 매점에서 모든 병들에게 가장 인기 품목인 담배나 초콜릿은 모든 병사들에게 골고루 판매함으로써 공정한 대우를 느끼게 한다. 사이드카를 탄 고급 장교가 절룩거리며 후퇴하는 병 부상자에게 자리를 양보하고 자신은 도보로 철수하는 장면도 있다. 동부 전선의 영하 40도의 살인적인 추위 속에서 소련군에게 포위당한 독일군은 식량이 떨어지자 살아있는 모든 것을 잡아먹었다. 고양이, 개, 까마귀, 까치, 토끼 등 먹을 수 있는 것은 닥치는 대로 잡아먹으면서 소련군과 싸웠다. 몸이 꽁꽁 얼었고 배가 고파 동사자나 아사자가 속출했음에도 자기가 살겠다고 동료 전우의 먹을 것을 훔치는 병사는 단 한 명도 없었다. 이런 건 정말 전우에 대한 믿음과 협동이 없이는 불가능한 일이다.

여섯째는 전투 중 사망자든 부상자든 어떤 역경에서라도 고국으로 또는 후방 야전 병원으로 데리고 간다는 것이다. 후퇴 중에 사망자가 발생하여 후방으로 후송 못 할 경우는 동료 전우가 예의를 갖춰 매장하고 후퇴했다.

일곱째는 병들과 부사관(하사관), 장교와의 경계가 명확했으며 서로의 영역을 존중하고 절대적으로 상명하복의 체계를 가지고 있다. 엄격한 군기 속에서도 가족애의 감정을 유지하고 있다. 그러다 보니 규정 위반이 발생할 경우 개인적인 감정 위주의 처벌이 아니라 군 규정에 근거해 상급 기관에 보고해서 응당한 형벌을 받았다.

여덟째는 부하 사랑이다. 독일군 병사들이 소련군 공격에 후퇴하면서 양말을 지급받지 못해 발에 상처가 생겼다. 발바닥 피부가 터진 병사들이 워커를 벗어 들고 맨발로 후퇴하는 모습을 본 독일군 장군이 보급 부대에 전화로 병사들의 양말 없음에 항의했다. 그러한 장군의 모습을 본 병사들 눈에 장군은 아버지와 같은 감정을 가졌을 것이다.

아홉째는 청렴이다. 저자는 병으로 거의 5년간이나 전투 현장에 있었지만, 장교들의 부정 축재에 대한 얘기는 전혀 없었다. 장교는 청렴할 때 부하의 존경을 받는다. 월남이 월맹에게 패망의 징조를 보이자 故 박정희 대통령은 한 치의 땅도 적에게 주지 않는다는 이념으로 북한과 접한 전방의 산마다 방어용 진지를 구축했다. 나도 제대 말년 1년간이나 훈련과 병행하여 진지 공사에 투입되었다. 추운 날 곡괭이로 진지와 이동호를 파고 찌는 듯한 더운 여름엔 지상에서 네모난 떼를 등에 이고 산 정상까지 옮겼다. 병사들 고생한다고 간식으로 나온

건빵을 독차지해서 집으로 가져가는 중대장이 지나가자 한 졸병이 "아! 배고파" 중대장 왈 "이 째끼들아! 굶어 죽는 놈 없이 다들 제대했어."

안보 환경 변화에 능동적으로 대처하고 미래 전에 대비한다는 국방 개혁이 진행되고 있다고 한다. 장교와 부사관들은 직업 군인이니 그에 대응한 월급과 노후 연금이라도 받고 있으니 군 생활에 불만은 없을 것이다. 문제는 징집병으로 병역 의무란 이름 아래 긴 세월을 복무하는 일반 병들이다. 국가가 병들에게 애국심을 포장으로 무한 희생을 강요하는 건 불합리하다. 일반 병들의 의·식·주와 봉급 문제를 위한 혁신적 개선과 제대 후 취업에 도움이 되는 교육적 지원이 필요하다. 그렇다 하더라도 모 신문의 만물상 글을 보니

요즘 이등병은 '이등별'이라고 부른다. 자식 한둘 둔 가정에서 곱게 자라 마음 여리고 몸도 약해 힘든 일은 못 하니 선임병이 '귀하게 모셔야 한다는 뜻이다. 몇 년 전 해병대 조교는 신병 훈련 때 힘들어 눈물 흘리는 병사를 달래는 게 주요 임무였다. 우는 병사들에게 일일이 "파이팅! 힘내요."라는 편지를 써줬다. 어느 대학교수는 복무 중 실연

(失戀)한 아들이 휴가 나올 때 집까지 따라온 장교를 보고 아연실색했다. 장교는 혹시 사고 칠까 걱정돼 같이 왔다고 했다.

가정에서 과잉보호로 인한 유약한 아들이 강한 아들로 변할 수 있는 길이 군대다. 군대는 유치원이나 보이 스카우트가 아니다. 국가 위급 시 총을 들고 나라를 지켜야 하는 군인들의 집단이다. 우리 자식들이 강한 군인으로 강한 아들로 변하는 모습을 지켜보자.

해병대 졸병 일기

 초등학교 때 단체로 영화 관람을 갔는데 영화 제목이 『돌아오지 않는 해병』이다. 이 영화는 이만희 감독의 6·25 한국 전쟁을 배경으로 한 영화다. 인천 상륙 작전에 참가한 해병 분대원들의 악전고투를 통해 전쟁의 참혹상과 죽음에 직면한 인간의 본능, 눈물겨운 전우애 등 전사에 남은 에피소드를 엮고 있다. 국군 중에 해병대가 있다는 걸 처음으로 알았고 장동휘, 최무룡, 구봉서 등이 유명한 배우라는 걸 알았다.

고등학교 여름 방학 때 반 친구가 "우리 집에 놀러 와라." 친구 집은 서구 왕길동인데 당시에는 버스 편이 몇 회밖에 없어서 그런지 완전 콩나물시루다. 뜨거운 한 여름날 왕길동 가는 버스를 타니 숨이 콱콱 막힌다. 친구 집까지는 1시간 정도 걸리는데 버스 손잡이를 잡았지만 벌써 허리가 아파 온다. 할 수 없이 한쪽 발에 힘을 모아 비스듬히 서 있으니 허리 통증이 좀 덜하다. 한 30분 정도 달렸을까 "퍽!" 둔탁한 소리와 함께 옆구리에서 통증이 밀려온다. "임마! 허리 펴." 누군가 보니 해병대 군복에 팔각모를 쓴 새까만 얼굴이 노려본다. 아마도 가뜩이나 사람이 많은 버스 속에 내가 비스듬히 서 있으니 불편했던 모양이다. 월남전이 한창이었고 학교에서도 용감한 한국군이 베트콩을 잡았다는 얘기가 화제다. 또 방송에서도 맹호 부대와 청룡 부대 노래가 유행이고 김추자의 「월남에서 돌아온 김상사」가 히트곡이다.

월남에서 돌아온 새까만 김상사 이제사 돌아왔네
월남에서 돌아온 새까만 김상사 너무나 기다렸네
굳게 닫힌 그 입술 무거운 그 철모 웃으며 돌아왔네
어린 동생 반기며 그 품에 안겼네 모두 다 안겼네

내 허리에 주먹을 날린 해병대 얼굴이 까무잡잡한 걸로 보니 월남에서 방금 온 군인이다. 동인천역 앞에 있는 별 제과를 지나가는데 해병대 세 명이 휘청거리며 자유 공원 쪽으로 올라가고 있다. 그때 마침 맞은편에서 타 군인 한 명이 내려오는 걸 보고 해병대 한 명이 잡는다. 해병대가 잡은 군인을 차렷과 열중쉬어를 시키면서 주먹을 날린다.

남동생이 같은 대학을 입학했다. 지금의 가정 환경은 경제적으로 최악이니 휴학을 하고 군대를 가야 한다. 그래서 육군, 해군, 공군 중 어느 군대에 가야 하나 고민하고 있는데, 길거리 전봇대에 해병대 모집 벽보가 붙어있다.

이왕 군대 가는 거 빨리 갔다 오는 게 상책이다 싶어 응모했다. 초등학교 운동장에서 달리기와 필기시험을 보고 나서 일주일 후 발표 장소에 가니 합격이다. 합격자는 3일 후 하인천역(지금의 인천역)에 10시까지 모이란다. 역시 해병대답게 입대도 속전속결이다. 경상북도 봉화군 소천면 석포리에서 작은 여인숙을 운영하고 있는 부모님에게 군대 간다는 인사도 못 드리고 집에서 친구들이 송별회를 해 주었다. 이제 이 밤만 지나면 '민간인 신분도 오늘이 마지막이여!' 친구 3명과 술을 먹다 보니 친구 하나가 술이 떨어졌다고 밖에 나가더니 함흥차사다. 또 다른 친구가 사라진 친구를 찾는다고 나가더니 그 친구도 함흥차사다. 그러다 보니 남은 건 나만 남았다. 할 수 없이 나도 사라진 친구를 찾고자 밖에 나갔는데 나가자마자 방범원이 잡는다. 그 당시는 밤 12시 통행금지가 있던 시절이라 통행금지 위반이라고 파출소로 끌고 간다. 파출소에 가니 친구 3명이 의자에 앉아 조사를 받고 있다. 군대 가는 마지막 날까지도 좋은 일이 없는 것도 운명인가 보다. 방범원 하나가 삐딱하게 앉아 있는 친구에게 "똑바로 앉아." "야! 니가 뭔데 반말이야." 동시에 친구가 방범원 머리를 헤딩한다. 순경이 뜯어말리고 파출소가 아수라장이다. 내가 오늘 날짜로 입대자라는 걸 안 파출소장이 나만 집에 가란다.

아침 10시에 하인천역에 가니 30여 명 정도의 인천 출신 입대 동기들이 모여 있다. 인솔자는 나중에 알았지만 하사관(부사관)이고 열차를 타고 늦은 밤 내린 게 삼랑진역이다. 허름한 여인숙에 3~4명씩 방 배정을 받고 자는데, 인솔 하사관이 우리 행동이 굼뜨다고 앞차기로 동기 몇 명을 차서 넘어뜨린다. 다음 날 진해 해병 훈련소에 가니 전국에서 모인 입대 동기가 소대를 배정받았다. 지금도 그렇겠지만 입소 후 4일을 가입대라 하여 민간인도 아니고 군인도 아닌 말 그대로 가짜 입대자다. 민간 옷을 입은 체 가입대의 4일간 군 생활의 맛을 보고 '고향 앞으로 갓' '영원한 해병대'를 결정해야 한다. 솔직히 말해서 가입대 생활이 여간 고통스러운 게 아니다. 어제까지 먹는 거, 자는 거, 입는 거 24시간 자유로웠던 놈이 아침 6시에 총 기상해서 청소하고, 밥 먹고, 여기저기 불려 다니는데 행동이 굼뜨다고 몽둥이가 날아든다. 이름도 좋은 왕자 식당에서 노란 플라스틱 그릇에 밥과 국뿐인 식사야 그런대로 먹을 수 있겠는데 태어나서 처음으로 맨땅에 머리를 박으니 통증이 심하다.

막연히 빨리 군대나 갔다 오자고 해병대를 지원하기는 했지만 이런 지옥 같은 환경에 맞닥뜨리니 미치겠더라고. 툭하면 엎드려 뻗쳐! 우로 돌아! 좌로 돌아! 꼬라박아는 기본이고 재수 없으면 몽둥이까지 맞으니 잘못 온 것 같은 후회감이 막심하다. 좀 참았다가 육군이나, 해군이나, 공군을 가면 되지 상주는 것도 아닌데 뭐가 급하다고 해병대에 지원했는지 모르겠다. 더욱이 난 해병대 체질도 성격도 아닌데…. 우리들은 해군병원에서 다시 한 번 신체검사를 받았으며 드디어 가입대의 마지막 날인 4일째다. 우리들을 큰 강당에 앉히고는 교관이 엄숙하지만 낮은 목소리로 "너희들은 내일부터 정식 훈련병이 된다. 집에 가고 싶은 사람은 지금 손들어라." 손드는 사람이 없자 교관이 다시 한 번 부드러운 목소리로 "손든 사람만 지금 전부 집으로 갈 수 있다." 집에 보내 준다는 말에 귀가 솔깃하다. 암만 생각해도 해병대는 내 체질이 아니다. 일단 집에 가야겠다는 생각이 절실한데 입대 송별회 받아먹은 게 걸린다. 일단 지옥 같은 여길 탈출하는 게 급선무라고 생각이 들자 손이 스르르 올라간다. 그리고 여기저기 나와 똑같은 생각을 가진 가입대자들이 일어나 앞쪽으로 가고 있다. 나도 엉거주춤 일어나려는데 같이 입대한 친구가 "야! 가긴 어딜가. 이왕 온 거야." 하며 끌어 앉힌다. 교관이 연병장으로 40여 명의 귀향 희망자들을 데리고 가는 모습을 보니 부럽다. 연병장으로 데리고 간 귀향 희망자들을 교관이 몽둥이 찜질과 기압을 번갈아 주며 외친다. "이 쌔끼들아! 해병대는 한번 오면 끝이야." 우리 인생길에서 살다 보면 순간의 선택이 인생을 좌우하는 길이 비일비재하다. 나도 아주 안일한 생각으로 지원 입대를 했다가 된통 걸린 게 해병대다. 1973년 3월 진해 해병 훈련소에 260기 훈련병으로 입소했다. 덕산 사격장의 감적호에서 나무로 만든 무거운 사격장 표지를 실무병 신호에 따라 올리고 내렸다. 사격장 표지판이 제법 무겁기는 하지만 실무병의 "올려!" "내려!"에 따라 조건 반사적으로 복창을 하면서 올리고 내렸다. 그런데 아까부터 나를 유심히 보던 실무병이 "임마! 사회에서 많이 곯았구나." 내 모습의 어디를 보고 그런 말을 했는지 모르지만 마음이 아리다. 실무병의 곯았다는 말에 집 생각이 간절하다. '누님과 동생들은 잘 있으려나?' 동생들을 위하여 고생하는 누님 생각을 하니 맘이 아프지만 군대 오니 맘은 아주 편하다.

교관이 오늘도 힘든 훈련을 끝내고 2층 철제 침대에 깨끗한 청색 담요를 덮고 자는 우릴 보고 "니놈들은 앞에 기수보다 좋은 시설에서 훈련받고 있는 거야." 잠시 235기로 입대한 선배님의 생생한 해병 훈련소 체험 수기를 보자.

저는 월남을 가기 위하여 1971년 2월에 훈련소에 입소했습니다. 홀로 해병 훈련소 정문을 들어서는 순간부터 지옥행 열차를 탄 거지요. 정문에서 인원 파악을 끝내고 교관들의 우렁찬 목소리로 시작해서 쪼그려 뛰기, 오리걸음 등 기압으로 교관들은 듣기조차 거북한 욕설을 지껄이며 우리들을 병사(兵舍)까지 끌고 갔습니다. 교관님의 한 말씀 "여기는 지상낙원이다. 신병들은 병사에 들어가 편히 쉬도록 한다." 그러나 병사에 들어서는 순간 이런 낙후된 병사에서 훈련을 받아야 한다는 생각에 눈물이 났습니다. 시멘트 바닥 위에 조개탄을 사용하는 낡은 철 난로 하나에 낡아 빠진 나무 2층 침대, 그리고 화장실은 진해 바다가 보이는 곳에 나무로 만들었으며 변 보는 사람도 다 보이는 재래식 화장실입니다. 가입소 첫날부터 방망이질에 귀싸대기, 구둣발로 정강이를 수차례 맞곤 했습니다. 또 어느 날은 바람 부는 추운 새벽에 연병장에서 팬츠 바람에 엎드

려뻗쳐에 등에 물을 뿌리며 야전삽으로 엉덩이를 수차례 갈기면서 신음 소리가 나면 구둣발로 냅다 걷어차곤 했습니다. 교관이 "누가 방화사에 오줌을 쌌다. 전부들 입 벌려라." 교관들은 오줌 섞인 모래를 한 숟갈씩 입으로 처넣으며 "누가 오줌을 쌓던 해병대는 하나다." 왕자 식당에서 다 찌그러진 양은그릇 두 개를 받아 들고 밥과 된장국을 식탁 위에 올려놓고 "감사히 먹겠습니다." 밥을 몇 숟갈 뜨는데 "식사 끝!" 저는 밥을 3분의 1도 안 먹었습니다. 어느 동기가 짬밥 통에 버린 밥을 먹다가 발각되어 구둣발로 수차례 맞아 가면서까지 밥을 삼키고 있었습니다. 지옥 같은 훈련소 생활을 저는 참을 인(忍)을 입으로 되새기며 참자 참아야 한다. 모든 고난을 참고 즐기자! 교관의 가혹 행위도 즐기자! 군홧발로 맞아도 뺨을 맞아도 즐기자! 개 같은 욕을 들어도 참고 즐기자! 사격장에서 바람 불면 날아갈 정도로 설익은 밥을 먹어가며 사격을 했습니다. 밤이면 배고파 화랑 담배하고 삼각 밀 빵하고 바꿔 먹기도 했습니다. 때로는 동기가 먹고 있는 빵을 빼앗아 도망가면서 먹은 적도 있었습니다. 우리는 상남에서 마지막 훈련을 받고 완전 무장한 채 훈련소로 오던 중 쉬는 시간을 주질 않아 소변을 못 참고 바지에다 싸 버린 동기도 있었습니다. 정말 교관들은 우리들 목숨을 앗아 가는 저승사자들과 같았습니다. 그러나 하면 된다는 신념으로 피와 땀의 결정체인 빨간 명찰을 오른쪽 가슴에 달았습니다. 그리고 35개월 만에 만기 제대를 했습니다.

「해병대를 사랑하는 사람들」

선배님 고생하셨습니다. 필승! 해병!

내가 진해 해병 훈련소와 후반기 상남의 보병 훈련을 마친후 경기도 김포의 해병 제 2여단(청룡 부대) 3대대 11중대에 동기 2명과 신병 신고를 했다. 솔직히 이제 막 훈련소에서 갓 나온 병아리 신병이 대대가 뭔지, 소대가 뭔지, 병장이 뭔지, 전방이 뭔지 알겠냐고? 그저 인솔 병이 와서 끌고 가는 데로 소처럼 끌려갔다. 첫날 중대 본부에서 자고 있는데 '총 기상' 말이 들린다. 벌떡 일어나서 동기 2명과 1기 선임까지 모두 4명이 부동자세로 섰다. 상병인 선임이 "차려, 돌아"를 몇 번 시키더니 주먹을 날렸다. 주먹이 배에 작렬할 때마다 통증이 온몸으로 퍼졌다. 다음 날 아침 1소대로 배치되는 바람에 동기들과 헤어졌다. 당시 우리 대대는 김포군(현 김포시) 용강리에 있었다. 김포 반도는 서울의 서측방에 위치하여 서로는 염하

수로로 접해 있고 동으로는 한강, 북으로는 한강 하구로 둘러싸인 반도다.

중대장 신고, 소대장 신고, 분대장 신고, 선임수병 신고를 해 나가면서 두려움과 공포로 떨었다. 어딜 가도 신 세상은 두려운 거다. 드디어 난 서부 전선을 지키는 해병대 최말단 소총수이자 작대기 하나인 이등병이 되었다. 우리 1소대엔 최고참 선임수병은 230기로 3명이며 2명은 월남전 참전 용사다. 월남 참전 선임수병으로부터 영웅적인 전투 경험담을 듣지는 못했다. 그래서 우연의 일치인지 김포 청룡 해병 여단의 전신인 월남 파병 청룡 부대 3대대 11중대 2소대 선배 해병의 참전 수기로 대신해 보자.

1965년 6월 7일 해병대에 입대하여 1965년 9월 20일 이등병 계급으로 월남 청룡 부대 소총수로 파월 되었습니다. 월남에 도착하여 기지 보호 작전에 투입되어 야간 매복 중 적의 총격을 받아 오른쪽 어깨 상단부로 관통하는 중상을 입고 나트랑 미 8야전 병원에 후송되어 45여 일간의 입원 치료 후 원대 복귀하였습니다. 저의 중대는 적(베트콩)의 요새로 알려진 투이호아로 이동 명령을 받아 해병대 희생이 가장 많았던 그 유명한 추수 보호 작전에 투입되었습니다. 아침에 완전 무장하고 작전이 시작되면 무릎까지 빠지는 늪지나 앞이 안 보이는 밀림을 하루종일 수색하며 전투를 합니다. 완전 무장이란 M1 소총에 실탄 200~300발, 수류탄 3~5개, 연막탄 3개, 부비트랩 1개, 대검, 정글칼, 철모, 방독면, 배낭, 모포 1장, 개인 천막 1장, 판초 (비옷) 1장, 야전삽. C레이션 식사 3끼분, 물통 3개 이상을 휴대하고 아침부터 오후 5시까지 정찰과 수색 전투를 하고 저녁에는 가슴까지 깊이의 참호를 파고 2인 1조로 매복 근무를 합니다. 추수 보호 작전 중 적의 매복 기습을 받아 많은 수의 전우들이 제 곁에서 쓰러졌으며, 위험한 임무인 전·사상자를 헬기 착륙지까지의 후송은 항상 저의 몫이었습니다. 전사하거나 부상당하여 제가 직접 옮긴 전우만도 10명이 넘습니다. 살아 있을 때는 저 혼자 업을 수 있는 무게인데 죽으면 네 명이 들어도 허리가 끊어지게 무거웠습니다. 한 상병은 적이 매설한 대전차 지뢰를 잘못 건드려 온몸이 산산조각이 나는 것도 보았습니다. 많이도 울었습니다. 수색 정찰 중 적의 기습을 받아 적이 던진 수류탄이 터지면서 앞에서 달리든 한 상병의 복부를 갈랐습니다. 이동 중에는 항상 저격수의 총격, 매설한 지뢰, 가설한 부비트랩의 공포에 한 걸음 한 걸음이 피를 말리고 결사대에 편입되어 적이 매복한 곳을 향하여 돌격도 하였습니다. 운이 나쁜 날은 적의 매복에 걸려 많은 전우들이 희생당하기도 하였습니다. 살아 있으면서 매일 매일 적에 대한 두려움과 죽음의 공포와 육체적인 고통에 부상이라도 당했으면 하는 마음이 들었습니다. 월남에서 해병대 이등병은 이렇게 전투를 하고 겨우 살아 돌아왔습니다.

「해병대를 사랑하는 사람들 (kjy9321)」

해병대 대선배님 정말 고생하셨습니다. 존경합니다. 충성!

처음 본 서부 전선의 야간 철책선은 적막감과 가로등으로 신비감을 느낄 정도다. 북한과는 한강 하류를 경계로 대치하고 있는데 야간에는 철조망을 경계로 30m 간격으로 가로등 불빛이 환하게 비추고 있다. M16 소총을 거머쥐고 탄띠 양쪽에 실탄을 꽉 채운 체 불빛 하나 보이지 않는 암흑 속의 북한을 노려볼 땐 나도 무적 해병의 강한 군인임을 실감한다.

다음 날 아침을 먹고 청소를 하는데 바로 윗수병이 굳은 얼굴로 "야! 집합이다." 후다닥 뛰어나갔다. 윗수병을 따라가니 철책선 근처의 공터다. 공터엔 벌써 열 몇 명이나 되는 우리 소대원이 일렬로 서있다. 보고를 받은 상병이 한마디로 요새 기합이 빠졌다는 거다. 그러면서 위 기수부터 주먹과 발을 날리며 내려오는데 시간이 길게 느껴졌다. 해병대 입대 후 실무에서 처음으로 겪은 집합이다. 야간 철책선 경계 근무는 특별히 비나 눈이 오지 않으면 시간대별로 패찰을 다음 초소로 전달해 주고 다시 되돌아오는 게 일상 근무다. 대개 고참 1인과 졸병 1~2인의 1조로 근무하며 제일 졸병이 패찰을 다음 초소에 전달하고는 다시 돌아온다. 이렇게 패찰을 계속 돌리는 이유는 경계 중 조는 걸 막기 위해서다. 그날의 야간 경계도 평상시처럼 빨간 패찰을 들고 다음 초소에 갔다. 그 초소엔 우리 소대가 아닌 화력 지원 소속인 상병과 졸병이 있었는데 상병은 졸고 있다. 그래서 같은 졸병에게 조용히 패찰을 주고 돌아서는데 "임마!" 소리에 얼굴을 돌리는 순간 언제 깼는지 별명이 헌병이라는 상병의 일격이 얼굴에 날라왔다. 한 방에 별이 몇 개나 보이는 걸 보니 주먹이 장난이 아니다. 한참 맞다 눈을 떠 보니 땅 위에 엎어졌는지 매큼한 풀내음이 코를 간지럽힌다. 어둠 속의 적막과 공포감에 떨며 일어서서 총을 찾아보니 풀숲에 박혀 있다. 상병에게 다시 경례를 올리고 되돌아오는데 눈물이 핑 돈다. 이제 겨우 군대 생활 시작인데 이렇게 어렵다면 앞이 안 보인다. 철책선에서 밤새 경계 근무하고 낮에는 산에 올라가서 진지 보수 작업을 했다. 원칙대로 하면 철책선에서 풀로 야간 경계 근무를 했기 때문에 아침을 먹고 나서 낮 12시까지 자야 하지만 곧 후방 예비대로 이동해야 하므로 우리가 담당한 진지를 보수하여야 한다. 태어나서 처음 해 보는 삽질에 집합에 야간 경계에 잡역을 하다 보니 얼마나 힘들었는지 입술에 콩알만 한 물집이 여러 개 생겼다. 7월 중순의 찌는 듯한 여름날 고참 병장이 벙커 내 숙소에 모기장을 치란다. 모기장을 처음 본 내가 매트와 모기장을 연결하려고 각 4각에 줄을 매다는데 보통 힘든 게 아니다. 비지땀을 비 오듯 흘리니 옷이 금방 목욕한 듯이 젖는다. 3개째 모기장을 다는데 "타앙!" "타앙!" 연속 2발의 총소리가 벙커를 울린다. 또 이어서 또 한 발의 총성이 울린다. 다음 날 소대장이 전 소대원을 집합시키더니 어제 일어난 사건을 말하고 경계 근무 원칙을 다시 강조한다. 어제의 총소리는 나보다 3개월 정도 일찍 온 김 하사가 소초 본부를 점거하곤 다들 죽이겠다며 소리소리 지르다 자기 배에 총을 쐈다. 김 하사는 시뻘건 피가 콸콸 났음에도 바로 죽지 않고 신음 소리를 내다 눈을 감았다고 한다. 크게 보면 나나 김 하사나 계급만 다르지 실무에 들어온 지 얼마 안 되는 신병이다. 잘 웃지도 않고 선한 눈빛을 한 김 하사가 왜 자살이라는 극단적인 행동을 했는지 알 수는 없다. 전방에서 후방인 오류정 예비대로 이동한 우리 대대는 예비대답게 매일 6시 총 기상으로 시작하여 밤 10시 순검까지 강한 훈련의 연속이다. 여기서도 졸병이라 집합에 야간 초소 근무에 식기 당번에 선임들 옷을 빨고 워커까지 닦았다. 식사 때는 상병 이상 선임 수병과 하사관은 침상에서 미제 추라이 그릇으로 먹고 일병 이하 졸병들은 바닥에 쭈그리고 앉아 양재기로 먹었다. 일병 선임이 밥 빨리 안 먹는다고 도끼눈이니 후르륵 물 마시듯 먹었다. 최말단 소총수 부대의 상황은 너무 열악하다. 먹는 게 60년대 군대 시절보다 많이 나아졌다고 하지만 배고픈 건 어쩔 수 없는 현실이다. 찌그러진 양재기에 깎아지른 밥과 국은 어쩌다 도루묵이 나오지만 1년 12달 질긴 콩나물국과 딱딱한 미역국이다. 일요일 점심 어쩌다 배춧잎이 반이나 섞인 라면이 나오는데 라면 굵기가 아기들 손가락만 하다. 알고 보니 한번 끓인 라면을 찬물로 불려서 두 번 끓이다 보니 탱탱 불은 데다 풀떡이 되는 바람에 숟갈로 퍼먹어야 한다. 하긴 사라진 라면만큼 왕창 불려야 하는 취사병의 고충을 이해해야지. 1년에 한 번 오는 설

날에는 돼지고깃국이 나온다. 꼴에 돼지고깃국이라고 손톱만
한 하얀 비곗덩어리가 열 개 정도 둥둥 뜬다. 그러면 식사 조
장이 건져서 두 개씩 분대장(부사관)부터 배급하면 상병까지는
비계나마 맛볼 수 있다. 일개 소대가 25명 정도니 20명은 비
계 맛도 못 보고 기름 국물만 들이켠다. 그 추운 영하의 겨울
날 얼음이 둥둥 떠 있는 개울가에서 졸병 둘이 25명이나 되
는 식기를 닦으려면 너무 괴롭다. 고무장갑도 없이 비계 기름
묻은 식기를 지푸라기에 모래를 묻혀 닦으려면 손마디 마디에
감각이 없는 건 물론이고 욕이 절로 나온다. "씨발! 제발 돼지
고기 좀 먹이지 마라."

8월 말의 어느 날 3대대에서 키가 큰 병사는 10월 1일 국군
의 날 행사 병으로 차출되었는데 모두 30여 명이다. 우리 11
중대에서는 준고참 5명을 포함해서 열 명 정도 갔다. 국군
의 날은 한국군의 위용과 전투력을 국내외에 과시하고 국군
장병의 사기를 높이기 위한 기념일이다. 동시에 북한에 보내
는 경고도 있었지만, 무엇보다 정권의 권위를 과시하는 게 목
적이다. 보통 여의도에서 한 달 정도 야영하며 훈련을 했다.
33대대는 김포에 있는 예비 대대지만 포항 1사단에 속하는데
여의도로 가기 전 33대대에서 일주일 정도 제식 훈련을 받았

다. 여기서도 졸병이라 11중대 선임 수병의 식기를 닦았다. 저녁 10시에 순검이 있는데 10중대 상병이 순검을 돈다. 9중대, 10중대, 11중대로 구분하여 순검을 받는데 9중대는 불행하게도 고참이 없는 졸병들만 와서 동네북이다. 다행히 우리 11중대는 고참병이 같이 와서 순검이 쉽게 넘어간다. 10중대 상병 수병이 순검을 돌다 9중대 졸병을 태도가 불량하다고 발로 찬 게 사타구니를 맞았다. 키가 남산만 한 졸병은 "윽!" 하며 쓰러지더니 눈동자가 허옇게 올라가고 입에서 거품이 일어난다. 그 순검 수병이 1986년 조폭들 간의 싸움이었던 서진룸 살인 사건에서 잔혹하게 죽는 신문 기사를 봤다. 우리는 9월 1일 여의도로 이동한 후 대형 텐트를 치고 한 달간 열병과 분열을 열심히 훈련받았다. 물론 포항서 올라온 1사단 해병도 같이 받았다. 김포 2여단 2대대에 근무하다 포항 1사단 소속인 33대대로 간 동기 얘기를 들어보면 김포는 빳다가 심해 깡을 길러 주고, 포항은 훈련이 강해 체력을 길러 준다나. 지금이야 여의도가 고층 빌딩이 꽉 찼지만, 당시엔 K.B.S 방송 정도 건물이 있었고 비포장이 반이나 되었다. 여기서도 같은 졸병 3명이서 40여 명이나 되는 식기를 닦았지만 집합이 없어서 좋았다. 매일 매일 열병과 분열식을 하는데 한 줄이 20여 명이다. 조금이라도 발이 틀리거나 일직선이 안 되는 병사에게는 발이 날라 왔다. 그날도 분열 연습을 한 후 쉬고 있는데 갑자기 긴장감이 돌면서 전우들이 총검을 세우고 공격할 준비를 한다. 알고 보니 공수 부대 태권도 병사가 1사단 해병 옷에 붙어 있는 공수 마크를 보고 "야! 너희들도 점프하냐?" 해병대 장교들과 공수 부대 장교들이 공수 부대원과 해병대원 사이에 서서 서로의 접근을 막고 있다. 일요일 날 국군 장병의 사기를 돋우기 위한 공연회에 유명 가수가 와서 노래를 부른다. 단상에 장미화 가수가 손을 흔들며 한창 인기 중인 「안녕하세요」를 신나게 부르는데 한 공수 부대원이 단상에 올라가서 베레모를 씌운다. 이어서 한 해병이 뛰어가서 베레모를 벗겨 공중으로 날리곤 팔각모를 씌운다. 1973년 10월 1일 건군 25주년 국군의 날 열병식을 끝내고 박정희 대통령 단상 앞으로 지나가면서 힘차게 "충성!" 그리곤 일부 해병은 타 군인들과 함께 서울 시가행진을 했는데 나도 뽑혔다. 절도와 박력이 넘치는 해병대 의장대를 앞세우고 시가행진 중 빌딩에서 색종이가 휘날리고 유명 배우와 탤런트가 화환을 목에 걸어 주었다.

우리가 서울 시내를 시가행진하는 동안 여의도에서 잔존 해
병대와 공수 부대와 불행한 사건이 벌어졌다. 메인 행사인 분
열식이 끝난 후 공수 특전단원들의 고공 낙하 중 랜딩 포인트
에 낙하해야 할 수명의 공수 특전단원들이 해병대 병사들의
천막에 떨어진 것이다. 해병대 천막 감시병들과 공수 특전단
원들 간에 사소한 시비로 공수 특전단원들이 동료 대원들을
데리고 와서 소수의 해병대 감시병들을 집단 폭행했다. 행사
를 마치고 돌아온 해병대원들이 부서진 천막과 감시병들이 폭
행당한 사실을 알고는 격분하였다. 때마침 천막 앞을 통과하
고 있는 공수 특전단의 지프차를 세웠다. 그러자 공수 특전단
장교 한 사람이 일전을 불사할 태세로 차에서 내리자 해병대
한 명이 대검을 휘둘렀다. 육군 헌병대와 해군 서울 지구 헌병
대에서 즉각 합동 수사반을 편성하여 진상을 파악하는 한편
가해자의 검거에 나섰으나 미제 사건이 된 것으로 전해지고
있다.

포항 1사단 해병들은 철수하고 우리 2여단 해병들은 귀대하
지 않고 장충동에 있는 해병대 사령부 해체식 날인 10월 10
일까지 사령부에 있었다. 1973년 10월 10일 해병대 해체식 날
해병대 사령부가 법적으로 해체된 날이다. 당시 이병문 해병

대 사령관의 마지막 연설에서 내가 들은 건 "해병대 사령부가 해체되어서 본인은 선배 해병들에 대해 죄인이며…." 이병문 해병 대장은 1950년 해병대 소위로 임관하고 6·25 전쟁에 참전했으며, 1971년 1월 제9대 해병대 사령관 취임과 동시에 해병 대장으로 진급한 장군이다. 이날은 해병대 최고 졸병인 이등병이 해병대 최고 계급인 대장을 만나는 비극적 장면이다.

내가 1973년 3월 해병대에 지원 입대해서 만 6개월 만에 해병대 사령부가 사라지고 해군 예하로 되었다. 원 부대로 복귀하니 선임 수병들이 "우리는 해군이여!" 해병대가 강한 것은 건강하고 패기 넘치는 젊은이가 병으로 지원하기 때문이다. 전역 후 해병대를 회고해 보건대 복무 기간 내내 무적 해병대의 정신 교육이 없었다. 6·25 전쟁 시 인천 상륙 작전, 서울 중앙청 탈환, 중동부 전선의 도솔산 전투, 베트남 전쟁의 짜빈둥 전투 등 우리 해병대가 이룩한 전설적인 전투 혼을 후배 해병들에게 심어줌으로써 해병대의 자긍심을 높여야 한다.

제대 후 사회에선 병적 증명서를 내야 할 일은 거의 없다. 한 번은 지역 봉사자 길을 가 볼까 하여 병적 증명서를 뗀 적이 있다. 병적 증명서를 보니 '군별'란에 '해군'이 적혀 있고 어디에도 해병대라는 글자는 없다. 그래서 병무청 담당자에게 "해병대를 제대했는데 병적 증명서 어디에든 해병대 글자가 있어야 되는 것 아닙니까?" "현행법으론 군별 구분은 육군, 해군, 공군 3개 군으로만 하게 되어있습니다." 그렇다면 훈련이 세다는 해병대를 자발적으로 지원하고 제대한 군인의 병적 증명서 '군별'란에 '해군 해병'이라는 행정적 조치라도 있어야 해병대 제대자에 대한 최소한의 보상이 아니겠는가?

군 별	계 급
해군	병장
병과(주특기)	입영(임관) 연월일
공란	1973.03.26

　내 인생에서 가장 잘한 것 중의 하나가 해병대를 제대했다
는 것이다. 그래서 우리는 제대해도 '한 번 해병은 영원한 해
병'이라는 모토 아래 전국 출신의 동기 모임과 인천 출신의 동
기 모임을 분기별로 가진다. 한 동기가 웃으며 "우리 모두 최
종 학력은 대졸이여. 그게 어디냐고?"

우리들은 대한의 바다의 용사 충무공 순국 정신 가슴에 안고
태극기 휘날리며 국토 통일에 힘차게 진군하는 단군의 자손
나가자 서북으로 푸른 바다로 조국 건설 위하여 대한 해병대

창파를 헤치며 무쌍의 청룡 험산을 달리는 무적의 맹호
바람아 불면 불라 노도도 친다 천지를 진동하는 대한 해병혼
나가자 서북으로 푸른 바다로 조국 건설 위하여 대한 해병대